JN043143
ン、躱《かわ》せ！」
を振るう。
最強騎士団長の世直し旅
5
佐竹アキノリ
illustration
パルプピロシ

杖《つえ》を手に取る彼女の隣にはセレーナがいる。
リタの示す先を、シルルカは幻影でマーキングする。
「団長さん！
やっちゃってください！」

「ケモモン、行きますよ!」
アッシュが抜剣するとともに一陣の風が吹く。

キララは声を上げた。
「精霊たち！　今よ！」

「英雄をお披露目しようか」

フェリクスはポポルンを呼び出した。

キララはアッシュに顔を向ける。

「ねえアッシュ。この状況で言うことはないの?」

「ケモモンはふかふかですよね」

「手を振ってあげましょうよ」
シルルカに促される。
「クーコも呼ばないとね」
炎とともに現れたクーコは、
リタの膝の上に乗っかりながら辺りを見回した後
欠伸《あくび》をして寝てしまった。

CHARACTERS

フェリクス

銀翼騎士団の団長。竜魔王を打ち倒した英雄。
生真面目でよくシルルカとリタに振り回されている。

シルルカ

銀翼騎士団の幻影魔導師。魔導で人によって違う顔に
見えるため「百貌《ひゃくぼう》」と呼ばれている。

リタ

騎士に憧れてフェリクスについてきた少女。妖狐の精霊
クーコと契約しているが言うことを聞いてもらえない。

アッシュ

銀翼騎士団の青年。フェリクスの優秀な部下。
疾風騎士の異名を持ち、仕事も早い。

キララ

銀翼騎士団の精霊使い。大精霊の言葉がわかる。
アッシュの幼馴染《おさななじみ》で彼に好意を寄せている。

セレーナ

フリーベ騎士団の女騎士。
「戦乙女《いくさおとめ》」の異名を持つ英傑。正義感が強い。

最強騎士団長の世直し旅　5

佐竹アキノリ

ヒーロー文庫

最強騎士団長の世直し旅 5

Illustration パルプピロシ

CONTENTS

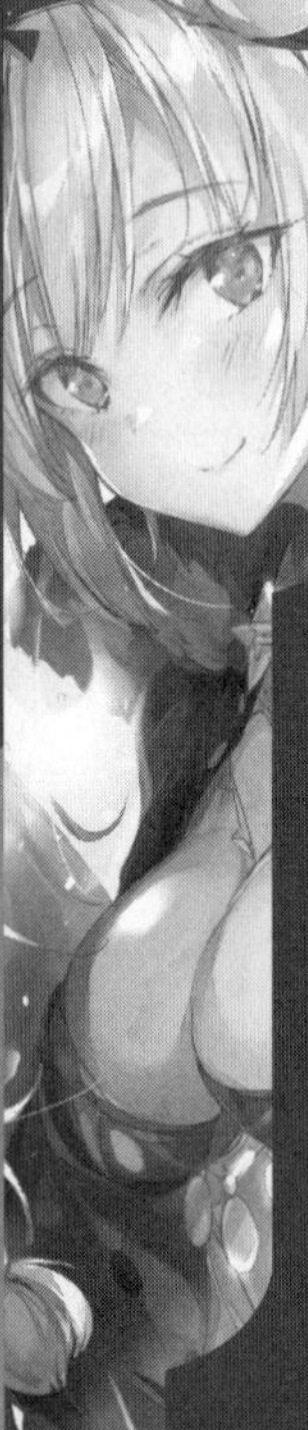

プロローグ　005

第十七章　騎士見習いと熱砂の大鳥　016

第十八章　戦乙女《いくさおとめ》と銀の陰謀　085

第十九章　銀翼騎士団長と闇夜の嵐　141

第二十章　最強騎士団長と王の嘆き　184

エピローグ　268

イラスト／パルプピロシ
装丁・本文デザイン／5GAS DESIGN STUDIO
校正／福島典子（東京出版サービスセンター）
DTP／鈴木庸子（主婦の友社）

プロローグ

竜はその地を闊歩《かっぽ》していた。

大陸の西には人が住み、東には魔人が住むと言われている。その境目よりやや東の土地には、深緑の鱗《うろこ》を持つ種族「竜魔人」がいた。

彼らは竜を使役し、ともに暮らしている。竜は農耕や荷運びなどの重労働を担《にな》うほか、戦場では騎兵たちの頼もしい相棒として活躍していた。

それゆえに、竜魔人たちの土地を竜が我が物顔で走り回っているのはなにも珍しいことではない。

だが、今日の光景は普段とは異なっていた。竜が追い立てているのは、逃げ惑う竜魔人たちなのである。

「くそ！　言うことを聞け！　こいつ……！」

男どもが槍《やり》の穂先を向けて威嚇《いかく》する。その先にいるのは十数頭の竜だ。かつては彼らの飼育下にあった個体である。

だが、今この瞬間、その竜たちの主《あるじ》はより大きな存在に取って代わられていた。

竜の中心にいるのはひときわ大きな個体だ。鱗《うろこ》はギラギラと輝いており、獰猛《どうもう》な牙と爪は血に塗《まみ》れていた。

そこにいるだけで圧倒的な存在感を放っており、一歩踏み出すだけで呼応して周囲の竜が動き、対峙《たいじ》する竜魔人たちが後ずさりする。

そして竜の背でうっすらと輝く銀の羽根が幾本か揺らめいた直後、悲鳴が上がった。

「ぎゃあああああ！」

いつの間にか竜魔人どもの頭は食いちぎられ、体は無残に引き裂かれている。

ほんの一瞬だった。まだ距離があり、牙は届かないはずなのに。

竜はその距離をものともせずに接近すると、存分に力を振るう。生き残った竜魔人どもは槍《やり》なんか投げ捨てて、逃げ惑うばかり。

一方、彼らの混乱する姿を遠くから見ている者がいた。

「どうやら獲物は無事だったようですね」

凄惨な現場を目《ま》の当たりにしたというのに、ほっとしたように言うのは『銀翼騎士団』の疾風騎士アッシュである。彼はジェレム王国の国王トスカラ陛下直々《じきじき》の命令で、この竜魔人たちの土地に派遣されている。

アッシュは守護精霊である白銀の獣ケモモンの背に乗っており、彼の前には精霊使いのキララが同じく乗って、眉をひそめていた。

「あれを無事と言っていいのかしら」

「竜は無傷のようですし、いいと思いますよ。それとも、キララさんは竜ではなく竜魔人のほうを獲物にしたかったんですか？　悪趣味ですね」

「そんな趣味あるわけないじゃない！　勘違いにもほどがあるわ！」

アッシュの冗談に憤慨《ふんがい》するキララである。

この二人はいつもこんな調子だから、後ろにいる部下たちも気にする様子はない。

彼らも自分たちの仕事をこなすべく視線を送ってくる。武器を手に、いつでもいけるぞ、と主張しながら。

キララは気を取り直して竜を見据える。

「確かに精霊王の遺体が宿っているわ。あの背中に生えてる羽根ね。その力に支配されて、すっかり自我もなくなっているみたい」

それゆえに本体の竜は「無事」とはほど遠い状態だ。

が、アッシュたちの目的は竜に宿った精霊王の力のほうだ。そういう意味では「無事」なのだろう。

『銀霊族《ぎんれいぞく》』によって精霊王の心臓の力が使われて以降、世界各地でこのような暴走が起こっていた。ごくわずかな精霊王の遺体は各地に散らばっており、それが活性化してしまったのだ。

精霊王の力を悪しき者に渡さないために各地に赴いていた彼らであるが、竜魔人の土地も例外ではない。

魔人ならざるアッシュたちを見れば、現地民たちも攻撃してくるため、土地の奥まで立ち入るのは難しいが、比較的人の土地に近い場所であれば、こうして精霊王の力を探しに入ることもできる。

加えて竜魔人たちも、今は各地の異変に対応すべく兵を取られているため、人に対する警戒もおろそかになっていたのだ。

この付近は竜魔人たちにとっては辺境に当たるため、それほど戦力を割いていないのも都合がよかった。風の噂《うわさ》では、首都に近い場所では兵の数も多く、精霊王に関する暴走にも対応できているようだが……。

「さて、竜魔人たちも付近にはすっかりいなくなりました。この隙に精霊王の遺体を奪っちゃいましょう」

「さすがアッシュ、やり方が小ずるいのね」

「竜に追われて困っている彼らを助けてあげようとしているんですよ」

「奪うって言ったばかりじゃないの」

「結果は同じことです」

微笑《ほほえ》むアッシュである。

彼は目を細めて竜を観察する。羽根の力によって高速で動いているらしく、竜魔人たちでは姿を捉えることすら難しいようだ。

「キララさん、竜の動きを封じ込められませんか？」

「長くは耐えられないけれど、大丈夫？」

「ええ。一瞬で問題ありません。その隙にケモモンと一緒に切り込みます」

「わかったわ。任せて」

キララはケモモンから降りると、アッシュの指示に従ってタイミングを見計らう。

竜は俊敏で、その動きを捉えるのは一筋縄ではいかない。しかし、キララは迷うことなく花飾りを手に取り、宙に解き放った。

「お願いね」

風の精霊たちを呼び寄せると、バラバラに別れた花びらが風に舞い、竜へと向かっていく。そして竜を取り囲むや否や、キララは声を上げた。

「精霊たち！　今よ！」

彼女の言葉に呼応して草木が生え、竜どもを取り囲む。それは素早く作り上げた檻《おり》ゆえに脆《もろ》い。

何頭もの竜の猛攻に耐えられるのはほんの一瞬だろう。数度瞬きするだけの時間でしかないかもしれない。

だが、それだけで十分だった。

疾風の異名を持つ彼らには！

「ケモモン、行きますよ！」

アッシュが抜剣するとともに一陣の風が吹く。

その風を纏《まと》いながらケモモンは疾駆する。草木の檻《おり》の隙間から敵中へと切り込み、竜の合間をかいくぐり突き進んでいく。

目的はただ一頭。精霊王の力を宿した個体だけだ。それ以外に用はない。

そこらの竜は、一頭と一人の速さには対応できない。牙を剥《む》いたときには、すでに彼らの姿は見えなくなっている。

眼前を阻《はば》む敵が現れると、ケモモンはそれを蹴飛ばしながら跳躍する。いよいよ、目的の竜が見えた。

その個体はケモモンを見るや否や方向を変えて、背に生えた羽根を輝かせる。この場を離れるつもりか。

「逃しませんよ！」

アッシュが魔術を用いると、ケモモンを後押しする風が吹く。風の大精霊の加護を得たその力の効果は絶大だ。

一瞬にして加速すると、あっという間に獲物へと接近する。そして人獣一体となって銀の羽根を貫いた。

銀の光が飛び散ったあとには竜の死体が転がっているばかり。もう羽根はどこにもありはしない。

親玉を討ち取ったとはいえ、まだ竜は周囲に残っている。

しかし、それらの相手をする必要はなかった。一斉に駆け寄ってきている騎士団員たちがなんとかするだろう。正気に戻った竜たちも、おろおろしながら散り散りになっていく状況だから、わざわざ追い立てる必要もなさそうだ。

そしてキララも彼のところにやってくる。

「ねえアッシュ、精霊たちによると、あちこちから竜魔人の軍隊が迫ってきてるみたいだけど……」

精霊王の力を得て暴れていた竜の話を聞きつけたのだろう。うかうかしていたら、アッシュたちは到着した彼らに狙われてしまう。

「ケモモン、どうですか？」

アッシュは尋ねてからケモモンをまじまじと眺める。相変わらずなんの反応も示さないが、アッシュは何度か頷《うなず》いた。

「すでに精霊王の遺体の力は、ケモモンが回収したようです。この近くに別の精霊王の気配はないそうですから、もうここに用はありませんね」

「それじゃ、ジェレム王国に帰ってもよさそうね」

「ええ。目的は果たしましたし、とんずらしてしまいましょう」

アッシュはキララをひょいと抱き上げると、ケモモンに乗せる。そして騎士団員たちを見回して全員いることを確認してから、西へと向かい始めた。

走り続けている間中、騎士団員たちは周囲を警戒する。それでも、隠密行動に長《た》けた部隊ではないから、道中に竜魔人がいれば見つかってしまう。

「何奴《なにやつ》！」

声を上げた次の瞬間には、ケモモンが飛びつき踏んづけている。すっかり動かなくなった竜魔人をキララは眺める。

「ねえアッシュ。こっちには民間人もいるみたいだけど……」

これまでの戦争では、竜魔人たちに攻め込まれていたため、相手はすべて兵士たちであった。しかし、今回は敵地に来ているのだ。当然、そこに暮らしている者たちがいる。

数年前の大戦の遺恨が残っているため、竜魔人であれば身分にかかわらず根絶やしにすべきだと主張する人々も少なくない。カルディア騎士団は魔人と戦うために設立された経緯もあり、その考え方のほうがむしろ多数派かもしれない。

彼らを気にかけるキララに、アッシュは微笑《ほほえ》んだ。

「キララさんは優しいですね」

「そうじゃないと、アッシュとは一緒にいられないわ」

「おかしいですね。いつも怒られている気がするんですが」

「アッシュが変なことばっかり言うからよ！　私はいつも優しいからね」

「……そういうことにしておきましょうか」

「なにその不満そうな顔」

キララはアッシュのしかめっ面をぐりぐりと突《つつ》くのであった。

やがてアッシュは真面目な顔になると話を続ける。

「先ほどの話ですが、武装していない者までむやみやたらに倒しているわけではありませんよ」

「そうね、なんだかんだ言いながらアッシュも優しいからね」

「そんなことをしたら、余計な敵愾心《てきがいしん》を煽《あお》ることになるからですよ。カルディア騎士団の目的は国内の平和維持であり、竜魔人と積極的に戦争をしたいわけではありません」

「そうやって言い訳するところもアッシュらしいわ」

キララがクスクスと笑うと、彼は困った顔をするばかりだった。

それからも竜魔人との接触は続く。戦力では引けを取らないが、心労は少しずつ溜《た》まってくる。

人の領域との国境が見え始めたのは、日が暮れる前だった。

キララはケモモンの上で大きく伸びをしながら、安堵《あんど》の声を漏らす。

「ああ、よかった！　いつ寝首をかかれるかわからない場所はうんざりね」

「竜魔人たちの都市も、住んでみれば案外快適だったかもしれませんよ」

「右を見ても左を見ても竜の鱗《うろこ》がギラギラしていて、目が痛くなっちゃうわ」

「老眼ですか。早すぎませんか？」

「ものの例えよ！　もう！」

そんなたわいない会話をしながら、彼らは人が住む土地へと戻っていく。

とはいえ、まだまだのんびりしてもいられない。

各地には精霊王の遺体が散らばっている。銀霊族よりも先に回収しなければ。

これは精霊王の力を感じ取れる者――精霊王の力を宿した者たちにしかできないことである。

「おや？」

アッシュはケモモンへと目を向ける。

「なるほど。ほかの精霊王の気配があるようです。直接、そちらに向かいましょう」

「もう夜も遅いのに。夜更かしで肌が荒れそうね」

「ではキララさんは置いていきましょうか？」

「アッシュのわんぱくっぷりには慣れっこよ。遠慮はいらないわ。アッシュに付き合っていけるのは私くらいだからね！」
キララは胸を張って宣言する。
アッシュは笑いながらも、
「それは助かります」
と素直に返すのだった。
やがてケモモンは次なる目的地へと動き始める。
精霊王の遺体の力を回収する旅はまだ終わらない。

第十七章　騎士見習いと熱砂の大鳥

灼熱《しゃくねつ》の日差しがギラギラと降り注いでいた。

晴れ渡る空には雲一つなく、深い青がどこまでも続いている。吹きつける風は乾いており、熱砂が混じっていた。

銀翼騎士団長フェリクスは、額の汗を拭いながら目を細めた。

「昼夜を問わず高温になっていると聞いていたが、これほどとはな」

「うぅ、冬が終わったばかりとは思えない暑さですね」

幻影魔導師シルルカは思わず不満をこぼす。その隣では騎士見習いのリタが手で顔を扇《あお》いでいた。

「あっついね。こんがり焼けちゃいそう！」

「そうなる前に休んでいくか」

フェリクスが二人の様子を見ながら告げると、

「やった！」

「賛成です！」

嬉《うれ》しそうな声が返ってくる。

フェリクスたち三人は数日前にジェレム王国を旅立ち、西にある砂漠の国サンドラ王国に来ていた。

北国ホルム国で大雪の中での戦いを繰り広げてから一か月とたっていないが、気候はガラリと変わっている。

銀霊族の魔人たちが精霊王の心臓の力を使って以降、世界各地では精霊王の遺体が活性化したせいで、天変地異まで起きている。その地に住まう精霊自体も影響を受けているため、穏やかな海で荒波が生じたり、自然豊かな大地の樹海が枯れたり、変貌を遂げてしまった場所も少なくない。

その異常気象を頼りに、精霊王の遺体の力を回収すべくカルディア騎士団の兵が各地へと派遣されていた。フェリクスたちもまた、このサンドラ王国で起きている異変の原因を探るためにやってきたのである。

「さて、灼熱地獄の原因はどこだろうな」

詳細は不明であるが、精霊王の遺体が関与していることは間違いない。フェリクスの中にある精霊王の力が、その在り処《か》をおぼろげながらも示してくれている。

この国のどこかに潜んでいるはずだ――

「西のほうはもっと暑くて、こっちに避難してきた人もいるみたいです」

「そりゃ大変だ」

いつものようにリタが人々が交わす噂話《うわさばなし》から情報を集めてくれているため、いずれ発見するきっかけは掴《つか》めるだろう。どうにかして銀霊族よりも先に見つけたいところだ。

リタの狐耳が右に左に動くのに合わせて、フェリクスも周囲を見回す。

そこかしこに日干しレンガの家々がある。粘土と藁《わら》、水を混ぜてこね、天日干しして作る簡単なレンガの家だ。

熱砂を避けるために窓は小さく、飾りはほとんどない。雨が少なく乾燥しているこの地域の特徴を反映した住居だ。

そのため町中が同じような土色だが、その中には鮮やかに染められた絹織物も見られる。その布の下では、みずみずしい果実が豊かな色彩を誇っていた。この地域の特産品のようだ。

しかし、通りを歩く人の姿は少なく、日陰や屋内で休んでいる姿がチラホラ見られるだけだ。今は日中だからとりわけ気温も高い。

「現地の人たちですら、この暑さには参ってるようだな」

こんな気候が長引けば、彼らも消耗してしまうだろう。できるだけ早く、灼熱《しゃくねつ》の原因を解決してあげたいところだ。

フェリクスが考え込んでいると、リタが声を上げた。

「師匠、来てください！」

リタは狐耳をぴょんと立てると、フェリクスの服の裾を引っ張る。なにか見つかったのだろうか。

彼女は上機嫌に尻尾を揺らしながら、ぱたぱたと歩いていく。そんなはしゃぎ気味のリタに案内されてやってきた先で見たものは――

「……ラクダだな」

「ラクダですね」

木製の囲いの中では、多数のラクダが飼育されている。それらは広々とした敷地を自由に動き回っていた。

フェリクスはシルルカと顔を見合わせた。いったい、これがどうしたのかと。

一方でリタはそれらを眺めながら、感嘆の声を上げた。

「立派なこぶです！」

「なんでラクダのところに連れてきたんだ？」

「この町の名物らしいです！　師匠が休んでいくって言ったので、お勧めの場所を見つけました」

リタが褒めてくれと言わんばかりに胸を張って告げる。

休むと言ったのは、言葉どおりに疲れを取るという意味だったが、リタは遊んでいいという意味に受け取ったようだ。

「確かに言ったけど……」

「えっと、師匠はラクダさんが嫌いでしたか？」

リタがおずおずと尋ねてくる。この不安そうな表情にはフェリクスも弱い。

ラクダは好きでもないが、特に嫌いでもない。

「いや、うん。そうだな。いいんじゃないか」

リタが喜んでいるならそれでいいか、と曖昧な返事をするフェリクスだった。

そんな彼を見てリタは「えへへ、褒められちゃいました」なんて言いながら楽しそうにするのである。

そうしている間も、ブゥウ、ゴゥウとラクダの鳴き声が聞こえてくる。たくさんいるから大合唱になっている。

楽しげに狐耳を動かしながらリタは、

「師匠、ラクダさんに乗ったら移動も楽です！」

と提案してくる。

この地域では珍しいことではないらしい。借りることもできるし、購入するにしてもそれほど高額ではないようだ。

しかし……。

「リタは乗れるのか？」

「もちろんです！　リタは騎士ですから！」

えへん、と胸を張るリタ。

シルルカは呆《あき》れたような視線を向ける。

「馬に乗った経験すらないんじゃないですか？」

「大丈夫だよ。ケモモンだって乗りこなせるもん」

「ケモモンが気を使ってくれてるだけじゃないですか」

そもそも、ケモモンが全力を出したらリタは振り落とされてしまうだろう。あれを乗りこなせるのはカルディア騎士団の騎士でもごく少数だ。

ともかく、リタはラクダに乗ってみたいようだ。うずうずしているため、とりあえずものは試しと体験してみることにした。

フェリクスは飼育場の人に声をかける。

「すみません、試乗してみてもよろしいですか？」

「ええ、どうぞ」

ここではラクダの販売もしており、観光客も多いため、こうした対応も手慣れたものだ。

リタは柵を飛び越えると、座っているラクダのところに駆け寄っていく。

「こんにちは！　乗せてね！」

「ブゥ！」

ラクダは不満そうな声を漏らすが、リタはお構いなしだ。

よいしょ、うんしょとよじ登り、ようやくラクダの背に跨《また》がった。騎士からはほど遠い姿である。

そして元気いっぱいに宣言した。

「出発です！」

「ブゴォオオ！」

ラクダはぷいとそっぽを向く。足は微塵《みじん》も動いていない。

「リタさんを見向きもしないのは、クーコだけじゃなかったんですね」

「危ないぞ。無理しないで下りたほうがいいんじゃないか？」

フェリクスが忠告するが、リタは口を尖《とが》らせつつ、ペチペチとラクダを叩《たた》く。

「出発だよ、動いて」

最初は意に介さなかったラクダだが、何度もペチペチされると次第に唸《うな》り声が大きくなる。そして猛烈な勢いで立ち上がった。

「あわわ！　師匠、助けて！」

「言わんこっちゃない」

ラクダが走りだすとリタは上下に揺さぶられて、やがては振動に耐えきれず、ぽーんと投げ出された。

「まったく、危ないな」

フェリクスはすかさず飛び込んで抱き留める。

駆け寄ってきたシルルカはリタの無事を確認してほっとする。

「見事な乗りこなしでしたね」

「騎士だからね！」

「はいはい。怪我《けが》しないでくださいよ。……団長さん、ラクダに乗る旅は諦めましょうか。三人も乗ったら潰れちゃいますし」

「どういう乗り方したら三人になるんだよ」

こぶがあるから、前後に三人は不可能だ。

リタを抱っこしているフェリクスの背中に、シルルカは「えいっ」と抱きついた。

「団長さんにおんぶに抱っこです」

「俺はともかく、ラクダが本当に可哀想だな。というか、リタはまだしも、シルルカは一人で乗れるだろ」

「なに言ってるんですか。お尻が痛くなるじゃないですか」

「俺の尻はいいのかよ」

「頑丈なので大丈夫です。団長さんは逞《たくま》しいので」

「褒められてるのか、けなされてるのか、わからないな」

「団長さんの騎士らしいところを褒めてあげたんですよ」

相変わらずのシルルカである。

「そもそも日差しがきついので、日光を遮られる馬車で移動したほうが快適ですよ」

「日差し対策もしないとな」

長袖の上着や外套《がいとう》、ターバンなどで体を覆ったほうがいい。乾燥や砂塵《さじん》が吹きつけることへの対策も必要だ。

衣服で対策するべきところは多々ある。

そんな話をしていると、リタは狐耳をピンと立てた。

「それなら、すぐ近くにお店があります！　ここのラクダの毛を使った品もあるみたいです！」

「よし、寄ってみるか」

仕事に関する内容はともかく、リタの観光情報はなかなか当てになるのだ。シルルカも賛同してくれたので、早速そちらへ向かう。

飼育施設に併設された店では、観光客向けの衣類が売られている。

全体がゆったりとしたデザインで、膝下まで長さがあるものが多い。さまざまな染料が使われているため色合いも豊かだ。

「だぼっとした感じですね」

「空気を含ませて、寒暖の差にも対応できるようにしているんだろうな」

通気性がよく、熱を逃がしやすくなるのだ。

シルルカは衣服を軽く広げてみる。体をすっかり覆ってしまうが、窮屈さからはほど遠い。

「これだと体型もわからないですね」

「ああ。隠し武器なんかを潜ませるのによさそうだな」

「まったく、団長さんはお洒落《しゃれ》とは無縁ですね」

呆《あき》れつつ笑うシルルカ。

フェリクスは頬をかきつつも、これまで戦《いくさ》に明け暮れていたのだから仕方がない、と内心で言い訳するのだった。

リタは手に持った服とシルルカを見比べてみる。

「これなら百貌《ひゃくぼう》も、食べすぎてお腹《なか》がぽっこりになっても安心だね！」

「リタさんほど食い意地は張ってないんですが」

「私は百貌と違って運動してるから、お腹は大丈夫だもん」

「まるで私がごろごろしているみたいに言いますね」

「それは事実だろ」

つい突っ込むフェリクスである。

シルルカは頬を膨らませて反論する。

「まったく、心外ですね。団長さんがいるとつい任せてしまうだけです」

「道理で、シルルカがテキパキ動くところを俺はほとんど目にしないわけだ」

「私が甘えるのは団長さんだけってことですよ」

シルルカに微笑《ほほえ》まれると、うまく言いくるめられているとは思うものの、それはそれで悪い気がしないフェリクスであった。

店内をあちこち歩き回っていたリタは、「あっ」と声を上げた。駆け寄っていった先には、黄土色の毛布がある。

「ラクダさんの毛です！」

リタが早速手に取ってみると、適度な弾力があって触り心地がいい。あの姿とは異なって、毛は上品な印象だ。

「ふかふかです！」

リタはラクダの毛布が気に入ったようで、ぎゅっと抱きかかえる。

「ここの毛布は独自の製法で作られていて品質が良いそうです！」

買ってほしい、と彼女の目が訴えている。尻尾は期待に揺れ動いていた。

このおねだりには弱いフェリクスである。

「夜は寒くなるからな。あったかい毛布があってもいいか」

「やった！」

リタがバンザイするのを眺めていると、いつの間にか隣にやってきたシルルカが、鮮やかな色と模様のストールを持っている。

リタだけに買うのも不公平だと、フェリクスは諦めて財布の紐《ひも》を緩めた。

「お洒落《しゃれ》も大事だよな、うん」

「それでこそ団長さんです！」

シルルカは満面の笑みを浮かべて嬉《うれ》しそうにしている。

さっきはお洒落に無縁と言ったのに、と思わなくもないフェリクスだが、この笑顔を見せられたらなにも言えなくなるのだ。

シルルカとリタは店内を眺めつつ、あれこれと品を手に取っていく。

こちらで着る衣類はほとんど用意してこなかったため、どうしても買い物かごの中身は増えていく。

「団長さんはいつも買ってくれて優しいです」

「うんうん」

（全部俺が買うとは言ってないんだけど……）

そもそも、買ってあげるとすら言っていないのだが。

とはいえ、今回の旅費は潤沢にある。世界の危機を救う目的でこの国にやってきたため、それ相応の予算も確保されているのだ。

何百、何千という兵力に匹敵する騎士団長なのだから、それだけの費用を割り当ててもらってもなんらおかしくはないだろう。

フェリクスもまた、気を取り直して買い物を続けるのだった。

店を出たときには、この国の住民らしい格好になっていた。長めの丈《たけ》の衣服だが、シルルカとリタは尻尾があるため、それを外に出せるようなデザインを選んだ。

シルルカはストールを頭に被《かぶ》るように器用に着て、日差しを遮っている。狐耳はぴょんと出ており、窮屈そうな印象はない。

一方、隣のリタは――

「うぅ、耳が苦しいです」

ターバンをぐるぐる巻きにしているのだが、綺麗《きれい》にまとめることができずに、ぐちゃぐちゃになっている。中で耳が押し潰されてしまったようだ。

「仕方ないですね、リタさんは」

シルルカはリタのターバンを巻き直してあげる。

手際よく巻いていき、やがて綺麗な形に仕上がった。しっかり耳も外に出ている。

「はい、できましたよ」

「ありがと！」

狐耳をぴょんと立てて、リタは上機嫌だ。

外に出していて耳は暑くないんだろうか、と思うフェリクスであったが、獣毛に覆われているからそうでもないのかもしれない。

それから一行はリタの耳の赴くままに歩いていく。

やがて賑《にぎ》やかな音楽が聞こえてきて、リタの目的も判明する。

大きな通りに出ると、人々が打楽器を打ち鳴らして陽気に踊り、ラクダ飼いたちはラクダの背に乗って曲芸をしていた。

ラクダ飼いが果実を放り投げると、すかさずラクダは首を伸ばしてパクッと咥《くわ》える。大きな拍手が起こった。

そんな光景を眺めてリタは目を輝かせる。

「リタもアレをやりたいです！」

参加したいと訴える彼女に対し、

「迷惑になりますから、リタさんには私がやってあげます」

シルルカは鞄をごそごそと漁《あさ》る。いろいろと探ってみて、ようやく出てきたのは干物であった。

シルルカはリタを見ながら干物を振りかぶった。

「それじゃ、いきますよ」

「リタはラクダじゃないよ！」

頬を膨らませてぷんぷんと怒るリタ。尻尾の毛はすっかり逆立っている。

「それに干物なんか投げたって食べないからね！」

「これしかなかったんです。我慢してください」

「やりたいのはラクダに乗るほうだよ。面白そうだよね」

「さっきラクダから落っこちたばかりじゃないですか」

めげないリタである。

しばらくラクダを見ていたリタだが、視線はだんだんと果物に向かい始める。飽きっぽいのもいつものことだ。

シルルカはさりげなくフェリクスを一瞥《いちべつ》する。

「喉が渇きましたね」

「ここだと水より果物のほうが安いみたいだな」

「あ、それなら果物が食べたいです！」

待ってましたとばかりに手を上げるリタ。

「ついでに食料も買っておきましょうか」

「そうだな。しばらく馬車で移動することになるだろうから、荷物が増えてもそんなに問題ない」

一行は近くの店に立ち寄って食料を買い込んでいく。

保存食や水などを選んでいると、リタは大きなヤシの実を見つけて掲げた。大人の顔ほどの大きさがある。

「これがいいです！」

「喉が渇いているときにはちょうどよさそうだな」

「はい！　早く飲みたいです！」

「この国で取れたものじゃなくて、輸入したものみたいですよ。たぶん、もっと南国で取れたんでしょうね」

この種類のヤシは、もっと湿潤な環境のほうが生育には適している。乾燥したこのサンドラ国では育ちにくいかもしれない。

「じゃあ、百貌はいらないの？」

「そうは言ってませんよ」

「じゃあ、決まりだね！」

リタが急《せ》かすので、さっと買い物を済ませて、広場でラクダたちを見ながら一休み。

大事そうにヤシの実を抱えていたリタは、テーブルにそれを置いて、短剣を取り出して一突きする。

「えいっ！」

刃の先がわずかばかり刺さっただけで、ピタリと止まった。

「……えいえいっ！」

リタは力を込めるが、それ以上動きはしない。

「おかしいです。このヤシの実、ただ者じゃないです！」

「どう見ても普通のヤシの実だろ」

「リタさんが非力なだけじゃないですか」

「そんなこと言うなら、やってみてよ」

リタはヤシの実をシルルカに渡す。

シルルカはそれを受け取るなり、フェリクスに渡した。

「はい」

「はいじゃないだろ。せめて挑戦するふりくらい見せたらどうだ」

「私はか弱いので。無理して怪我《けが》しても困るじゃないですか」

「それはそうだが」

「団長さんならできるって頼りにしてるんです」

「こんなことで頼られてもなあ」

そう言いつつも、フェリクスは短剣を動かす。

ヤシの実は、ほかの果実で言うところの果肉は硬くて食べられず、種子を割って中にある液体を楽しむのが一般的だ。

皮が硬いのみならず、中にある種子も表面は硬いため、穴を開けるのはなかなか至難の業のようだ。

しかし、フェリクスが力を込めると、刃はあっさり食い込んだ。

「できたぞ！」

「やった！」

「ありがとうございます、団長さん」

リタがバンザイしているうちに、シルルカは早速、ストローを差し込んだ。

「あ、ずるい！」

「早い者勝ちです！」

「負けないもん！」

リタも負けずにストローを突っ込む。

そしてお互いに顔を近づけて——

「あいたっ!?」

ゴチンとぶつかった。

おでこを押さえるシルルカとリタである。

「そんなに焦るからだろ。ヤシの実は逃げないぞ」

「百貌をほっといたら、全部なくなっちゃうもん」

「勝負は非情なんです。呑気《のんき》なこと言ってたら、団長さんの分もなくなっちゃいますよ」

「俺の分も気にしてはくれたんだな」

「ええ、と……団長さんにはいつもお世話になってますから」

シルルカはちょっぴり照れて、顔を背ける。

その隙にリタはストローを咥《くわ》えてご満悦。ぶんぶんと尻尾を揺らしていた。

「んー！　おいしい！」

「あー！」

シルルカはストローを咥えつつも、フェリクスのほうをチラリと見る。

「俺の分は気にしなくていいぞ」

「団長さん、私のためにそこまで――」

「こうなると思って、別に買っておいたからな」

フェリクスは袋からヤシの実を取り出すと、さっと短剣で切り裂いて、ごくごくと飲み始めるのだった。

さっぱりとした甘みがあり、後味はすっきりしている。水分をあまり取っていなかったから、体中に染み渡るようだ。

「ふう。うまいな」

シルルカとリタはいつも取り合いをしているから、そうならないように多めに買っておいたのだが、それが功を奏した。今回は潤沢な予算があるから、少しくらい贅沢《ぜいたく》だってできる。

これなら二人も仲良くできるだろうと思っていたのだが――

「師匠、独り占めなんてずるいです！」

「自分用に隠し持ってたなんて！」

二人に詰め寄られてしまうフェリクスだった。

そんな調子で休息していた一行だが、フェリクスはふと思い出してリタに尋ねる。

「そういえば、なにか仕事に関する情報はあったか？」

「えっと、この国が暑い理由はわかりました」

「お手柄だな。話してくれ」

「はい！」

リタはこれまで聞いた情報を教えてくれる。

「この国にいる灼熱《しゃくねつ》の鳥が日中に活動して、夜は眠っているそうです。その鳥の活動に気温も左右されているみたいです」

そのため日中は非常に暑く、夜間になると凍《こご》えるほど寒いという。

しかし、その昼夜の気温差は現在少なくなっており、一日を通して暑い日が続いているらしい。

「その鳥が今回の灼熱地獄に関係している可能性があるわけか」

「はい。それとですね、こんな噂《うわさ》もあります」

本当かどうかはわかりませんが、と前置きしてからリタは続ける。

「ちょうど同じ時期に、炎を纏《まと》った巨大な鳥が現れたそうです。大昔にも同じような鳥がいたみたいで、そこから名前を取って『炎帝《えんてい》』って皆は言ってます」

かつて炎帝と呼ばれた怪鳥は、日の化身として崇《あが》められていたそうだ。今はその信仰も薄れてはいるが、それでも神秘性は失われていないようである。

「目撃情報はどんな感じだ？」

「国のあちこちで見られているみたいです。もっと西のほうが多いです」

「西のほうが暑いって話だったよな」

となれば、やはりそちらが疑わしい。

めぼしい情報がないなら、西の土地で話を聞いたほうが手っ取り早そうだ。精霊王の力に近づいたら、フェリクスなら場所も把握できるのだから。

「西に向かう馬車に乗ってみるか」

「そうですね。炎帝の行方を追ってみましょう」

ひとたび決まれば一行の動きは早い。銀霊族に先んじるためにも、急いで西の土地へ行くほうがいい。

西に向けて出発する馬車を見つけて乗り込んだのは、日もまだ高いうちであった。

◇

見渡す限りの砂漠が広がっていた。

ここは岩石が多いようで岩肌がそこかしこに見えており、表面はうっすらと砂を被《かぶ》っている。広々としているとはいえ、地形は凹凸《おうとつ》が大きく、水平線の向こうまで見渡すことはできない。

緑色はわずかに見られるだけであり、背丈《せたけ》の低い植物がかたまって生えていた。

ガラガラと音を立てて進む幌馬車《ほろばしゃ》の荷台の中から、フェリクスは外を眺めていた。

「遮るものはないのに、あまり風がないな」

「ここは風の精霊が少ないみたいですね」

無風となると、どうしても体感温度が高く感じられる。

ぱたぱたと手で顔を扇《あお》いでいたリタだったが、ピンと狐耳を立てた。

「あっ！　それなら、精霊さんを呼んでみればいいんじゃないかな？」

彼らにはシルフ精霊域で風の大精霊からもらった加護がある。

それを用いれば、いかに風の精霊が少ない地域といえども、心地よい風くらいは起こせるだろう。

「精霊さん！　お願い、扇いで！」

リタが両手を上げてお願いすると、精霊たちが求めに応じて集まってくる。

荷台の中に風がそよそよと吹き込んできた。

「んー！　涼しい！」

「癒《い》やされますね」

「これは助かるな。リタ、このまま頼むぞ」

「任せてください！」

リタは精霊にお願いを続けていたが、間もなく風が弱まっていく。しまいには、ピタリとやんでしまった。

「……精霊さんがいない地域に来ちゃったみたいです」

「精霊の気配は感じられますけど……リタさんの魔術が未熟なだけじゃないですか？」

「そんなことないよ。バッチリ使いこなせるんだから」

「まあ、前よりはマシになりましたが……。仕方ありませんね。ここは団長さんの出番です」

「俺に振るなよ」

「おっと、そうでした。団長さんは加護をもらえなかったんですよね」

「そんなハブられたみたいに言わなくてもいいだろ」

風の大精霊から加護をもらえなかったのは確かだが、あれは彼に宿っている精霊王の力が強すぎたのが理由だ。フェリクス自身に問題があったわけではない。

ちょっぴり拗《す》ねたフェリクスは、袋の中から適当な布を取り出すと、手で大きく扇《あお》いでみせる。

布はバフバフと音を立てながら風を生じさせる。魔術が使えなくとも、腕力があればなんとかなることもあるのだ。

フェリクスがそう思っていると――

「師匠、砂が舞い上がってます!」

「ちょっと、やめてもらっていいです?」

「……すまん」

力加減を間違えたようだ。

二人とも服の袖で顔を拭っていたが、やがてリタは顔を上げると誇らしげにする。

「やっぱり、リタの加減が一番ですね!」

「リタさんはそれ以上の力を出せないだけじゃないですか」

「じゃあ、百貌がやってよ」

「まあいいですけど」

「珍しいな。普段は面倒くさがるのに」

「魔術は疲れませんからね」

シルルカが杖《つえ》をひょいと振ると、心地よい風が吹く。なんとも絶妙な加減だ。

「普通は魔術を使い続けたら疲れるものだが」

「『普通』の魔術師ならそうかもしれませんね。私は普段から魔導を使いっぱなしですし、慣れているのもあるでしょう」

「確かにそうか」

変装などの顔を変える魔導では、長時間効果が及ぶようにすることも多い。場合によっては、いったん魔導をかけたあとも、維持させる必要がある。

フェリクスは詳しいことはわからなかったが、とりあえず納得した。

「つまり、いつも魔導の維持に集中するためにじっとしているだけで、サボってたわけじゃないのか。大変だな」

「そんなに労《ねぎら》ってくれなくても大丈夫ですよ。先ほど言ったばかりじゃないですか。慣れてるから疲れないって。もっとも見た目を変えるだけの幻影の魔導と違って、現実に起きる変化が大きい分、大変なのは確かですけれど」

幻影の魔導はあまり疲れないということは……。

「やっぱり、普段の態度は自堕落なだけかよ」

「おっと、これは失言でした」

シルルカは両手で口を押さえるがもう遅い。

なにより、これまで散々自由にやってきたのだから、今更取り繕ってもどうしようもないのだが。

「まあ、わかりきってたけどな」

「むむ、それなのに誘導尋問するなんて、団長さんは意地悪ですね」

「シルルカが勝手に白状したんだろ」

そんな話をしていた彼らだが、ずっと馬車の中にいると話題もなくなってくる。

シルルカはごろんと寝そべりながら、小さな袋を取り出した。

その中には乾燥させたデーツが入っている。小さな種類のヤシの実であり、干し柿のような見た目で甘みがとても強い。

この国ではよく食卓にも並ぶという。保存が利くため、こうして携帯するのにもちょうどいい。

シルルカがデーツをつまんでいると、リタもその近くに行って、一緒にそれをつまむ。

二人で分け合って仲良く食べている姿に、フェリクスもつい頬が緩むのだった。

手持ち無沙汰にしていると、御者が呟《つぶや》いた。

「ありゃあ、何度見てもすごいな」

フェリクスは荷台から身を乗り出して、馬車が進む先に目を向ける。

そこには黒く染まった大地があった。馬車数台分程度の範囲だろうか。

「あれはいったい？」

「炎帝の巣があったらしいですよ。今はずっと西のほうに行ったんですが、以前はこちらにいたそうでね」

「どれくらい前のことですか？」

「半月ほど前でしたかねえ」

ちょうど、銀霊族が精霊王の心臓の力を使った頃だ。

もし炎帝が精霊王の遺体が活性化したものだとすれば、ここから生まれたということになろう。

「西のほうは灼熱《しゃくねつ》地獄と聞きますし、きっと、なにか怒らせるようなことをしちまったんでしょうねえ……」

御者は炎帝をほどほどに信仰しているようで、不安そうなそぶりを見せる。

もっとも彼らにとっては、神と大差ないのかもしれない。圧倒的な力を持っており、一般人には手出しできない存在なのだから。

「少し、あそこに立ち寄ってもいいですか？」

「ええ。そんな面白いことはないと思いますがね」

フェリクスたちは馬車を降りると、焦げた大地へと向かっていく。

話に聞く限りでは、炎帝はかなり大きいようだが、ここの焦げ跡はそうでもない。本当にここが巣だったのか。あるいは、巣にいるときは燃えていなかっただけなのか。

フェリクスが考えていると、なにかが繋《つな》がる感覚があった。近づいて黒い大地に手を触れると、その感覚はいっそう強くなる。

「団長さん、どうですか？」

「はっきりしたことはわからないが、間違いなく精霊王の力を使った形跡がある」

「では、炎帝がこの灼熱《しゃくねつ》地獄の犯人ということですね」

「おそらく。……これでなんとなく相手の居場所はわかるようになった。追跡しよう。近くに行けば、ますます見つけやすくなるはずだ」

シルルカは頷《うなず》き、リタもぐっと拳を握る。

「情報収集なら任せてください！」

「頼むぞ」

三人は馬車に戻ると、再び西に向かっていく。

フェリクスが胸に手を当てると、心臓は強く鼓動していた。

◇

ジェレム王国の王城には、ポッポ鳥が集《つど》う場所がある。

伝令を担《にな》うその守護精霊と契約している騎士は多く、文を携《たずさ》えて行ったり来たりするポッポ鳥は昼夜を問わず見られる。

そのためいつでも火急の知らせに対応できるように、専用の対応窓口があった。

西から飛んできたポッポ鳥を見つけると、兵たちは上官と同じように敬礼して迎える。

彼らは常に正式な敬礼を心がけているとはいえ、とりわけあるポッポ鳥には、丁寧に対応していた。

外見は普通のポッポ鳥と変わらないが、一目で見分けがつく。なにしろ、ポッポ鳥とは思えないほど、すさまじい勢いで飛んでくるのだから。

その鳥が舞い下りると、兵たちはすかさず案内する。

「ポポルンさん、お疲れさまです。こちらへどうぞ」

ほかのポッポ鳥はここで手紙を渡すと、餌を啄《ついば》んだり止まり木で休んだりするのだが、ポポルンだけは違う。

王城の中を悠々と羽ばたきながら向かう先は――

「おお、よく来てくれた！」

国王トスカラ・ジェレムの居室である。

ほかの連絡と異なって、ポポルンが来たときはいつも王直々《じきじき》の対応だ。

王はせっせと動かしていた筆を置くと、すっくと立ち上がる。子供のようにウキウキしながらポポルンに駆け寄っていき、昔からの友人にするように抱擁《ほうよう》を交わした。

そして手紙を受け取ると、素早く目を通す。

「フェリクス殿はもはや、原因の目星をつけたようだな」

「ポッポ」

「うむうむ、頼りになる男だ。この国を――いや、この世界を救ってくれるのは、やはりフェリクス殿しかおらん」

王トスカラがしきりに頷《うなず》く周囲を、ポポルンは機嫌よく飛び回る。

「今や世界の危機だ。すべてをフェリクス殿に任せるわけにもいかない。ジェレム王国としても全力を尽くさねば。よし」

彼は立ち上がると、家臣に指示を出し始める。

ポポルンにおいしい食事を与えるように。そして精霊王の遺物を集める次の一手を打つように、と。

王城内は今日も慌ただしく、平和のために奔走する者でいっぱいであった。

◇

精霊王の力を辿《たど》って西にやってきたフェリクス一行は、砂漠の向こうをじっと眺めていた。

「……団長さん、炎帝がいる場所にはまだ着かないんですか？」

「まっすぐ西に進んでいけばよかったはずなんだが……」

フェリクスは西に向けていた頭を北に向ける。

「どうも、反応があるのは北なんだよな」

「移動しているってことですよね」

「おそらく。結構な速さだから、馬車で移動していたら追いつけないかもしれない」

「向こうはこちらの動きを認識しているんでしょうか？」

「俺が相手の場所がわかるように、炎帝も俺の場所がわかっていてもおかしくはないな」

「もしそうなら、のんびり追いかけても逃げられちゃいますね」

これではいたちごっこだ。いつまでたっても炎帝には辿り着けないだろう。

「どうしますか？」

「今から方向を変えるとしても……途中で町に寄っていきたいよな」

「ですね。補給なしで追い続けるのは厳しいです」

ひとまずは当初の目的地であった町まで行き、そこで次の行動を考えるとして、どういう手段を取るべきか。

悩んでいると、リタが狐耳を立てた。

「師匠の翼を使ってみたらどうです？」

「短時間ならそれでもいいが、長くは使えないからな。少なくとも、ある程度接近する必要がある」

銀の翼で加速すれば、一気に距離を詰められるとはいえ、それを制御し続けるのはなかなか難しい。精霊王の心臓の力によって、暴走しそうなほどに力が高まっている今はなおさらだ。

名案も浮かばないままうんうんと悩んでいるうちに、当初に予定していた町に辿《たど》り着いてしまった。

「それじゃあ、達者でなー」

御者は仕事を終えて去っていく。

ここからは別の手段での移動を考えなければ。

「とりあえず宿を取るか」

「そうですね。あとで陛下に相談してみましょうか？」

「そろそろポポルンも戻ってくる頃だからな」

守護精霊は主人の居場所がわかるため、移動していても迷子になることはない。ポポルンが到着するまではこの町で自由に動くことにした。

「それにしても……観光にも飽きてきましたね」

「砂漠ばかりだからな」

「ホルム国にいたときは温かいところが恋しかったですが、今度は涼しいところに行きたくなっちゃいました」

「とはいえ、少しは町の中も見てみるか。西のほうに来たわけだから、炎帝の目撃情報は集まりやすいはずだ」

炎帝はすでに移動してしまったとはいえ、この周辺で活動していたため、詳しい話も聞けるだろう。

「日も沈み始めてますし、暑さも和らいできました。夜になると寒くなっちゃいますし、町を歩くには今がちょうどいいですね」

シルルカも納得してくれたので、そういうことになった。

リタは狐耳をぴょこぴょこと動かしながら、

「炎帝は地上に降りてくることは滅多にないそうです。巣穴ははるか遠くからでもわかるくらい燃えさかっていて、近づけないらしいです」

だとか、

「その炎は見る人によって違う印象らしいです。同じ瞬間の目撃情報でも、違ってるみたいです」

だとか、いろいろと教えてくれる。矢を射ても全然当たらない、当たってもびくともしないという噂《うわさ》もあった。

そんな話を聞いていたシルルカは内容をまとめる。

「つまり、燃えてる大きな鳥ってことですね」

「そう言うと、身も蓋もないな」

「それだけとはいえ厄介ですね。団長さんは遠距離の相手を倒すのは苦手ですし。剣で倒すとなると……炎の中に突っ込んでも大丈夫ですか？」

「大丈夫なわけあるか！　俺をなんだと思ってるんだ」

いくら強靱《きょうじん》な肉体を持つ彼といえども、こんがり焼けてしまう。

「あ！　それなら、クーコにお願いしたらどうですか？」

リタは早速、頼れる相棒を呼び出した。

光が集まって炎となり、やがて中から妖狐の守護精霊が現れる。

「えっとね、クーコ。燃えてる鳥を捕まえてほしいの！」

「確かにクーコなら炎の中でも大丈夫だろうが……」

「飛べませんよね」

「あ、じゃあポポルンに手伝ってもらおうよ！」

ポポルンに運んでもらって、炎の中にはクーコだけが突っ込むという案だ。

せっせと説明するリタの話を聞いていたクーコであるが、やがてシルルカのほうにとことことやってくる。

「クーコはやってくれるそうです！　大好き！」

抱きしめようと飛び込んできたリタをクーコはさっと躱《かわ》して、シルルカにぴょんと飛びつき、困ったように鳴く。

「リタさんの話が無謀すぎて、聞いていられないって顔してますが」

「そもそも、守護精霊に頼りっぱなしだもんな。手伝ってもらうのはいいとして、まずは俺たちでなんとかする方法を考えるべきだろ」

「代案として、ポポルンにはクーコの代わりに団長さんを運んでもらうというのもありますが……途中まで運んでもらって、あとは精霊王の翼で炎が届くギリギリまで接近することも難しいですか？」

「それなら可能かもしれないが……その距離で攻撃が当たるか？　噂によると、かなり広範囲が燃えてるんだろ？」

「やっぱり、炎の中に突っ込むしかないですね」

「だから丸焼きになっちまうっての」

とはいえ、まずは追いつかないことには話にならない。なにか名案はないだろうか。

あとでアッシュにも相談してみようか。彼ならば、あれこれとアイディアを出してくれるだろう。

フェリクスがそう考えたとき、ぱたぱたと羽音が聞こえてきた。

「あ、ポポルンだ！　お疲れさま！」

リタは遠くからやってきたポポルンに手を振る。

空を高速で移動するポポルンを見て、人々の中にはあれはなんなのかと慌てる者もいた。しかし、炎帝ではなくポッポ鳥であることを視認すると、首を傾《かし》げつつも日常に戻っていく。

やがてポポルンはフェリクスの肩に止まった。しっかり王トスカラからの手紙も運んできている。

「どれどれ……」

受け取って、封を切る。

中には一枚の紙が入っているばかりだ。

「陛下からの指示だな」

「なんて書いてあります？」

「俺たちが困っているようだから、とっておきの助けを寄越してくれるらしい」

「見越していたようなタイミングですね。もしかすると、陛下の手の者が近くで見張っているのかもしれませんよ」

「嫌なこと言うなよ。休んでるところを見られたら勘違いされそうじゃないか」

「団長さんはいつも遊んでいますし、今更じゃないですか」

「確かに。……いや、遊んでるんじゃなくて休んでるだけなんだが。それだってシルルカとリタの希望だろ」

「それはともかく、陛下は団長さんの素行は知っていますから大丈夫ですよ。『フェリクス英雄伝』にもそういう描写がありますから」

「陛下の執筆しているあのシリーズ、まだ続いてるのかよ。……そんなことまで書かなくてもいいんだが。ほとんどの内容が捏造《ねつぞう》のくせに」

「そこが団長さんの魅力でもありますからね」

「そんなに褒めるなよな」

笑うフェリクスに、「相変わらずですね」とシルルカ。

それまで会話に入っていなかったリタは、突然声を上げた。

「大丈夫です！　近くに怪しい人はいませんでした！」

王トスカラの部下が見張っているのではないかという、シルルカの冗談を真に受けていたのである。

「そりゃ助かる」

「あ、でも……アレは怪しいかもしれないです」

リタは狐耳を前後に揺らしながら、うーん、と悩む。

いったい、どういうことだろうか。

フェリクスの疑問はすぐに氷解した。

通りを疾走して来る馬車があるのだ。しかし、それを引く馬はいない。精霊の力を借りて動いているようだ。

その荷台にいるのは――

「ひゃっはあああ！　もう着いちまったぜ！」

「さすがはボルド団長です！」

はしゃいでいるのは、猫背の男と下半身が蛇の女の二人――『蛇蝎《だかつ》騎士団』の団長ボルドと副団長ミーアである。

フェリクスとシルルカは顔を見合わせた。

「確かに。怪しいな」

「この上なく怪しいですね」

「知らない人のふりでもするか」

「そうしましょうか」

二人の結論はそういうことになったが、ポポルンがボルドたちのところに行くように促してくる。

残念ながら、王トスカラが寄越した助けというのは、あの二人のことなのだろう。

観念してそちらに向かうと、ボルドはフェリクスを見るなり、口の端をぐいっと上げて笑う。

「よお、銀翼騎士団長様の間抜けヅラを拝みに来てやったぜ！」

「なにしに来たんだよ」

「てめえが全然仕事を終わらせねえから、俺様が呼ばれることになったんだろうが！　こんな砂漠まで好き好んで来ねえよ！」

「そりゃすまん」

確かにサンドラ王国まで来るのは大変だっただろう。素直に謝るフェリクスである。

一方、隣の尻尾は憤慨《ふんがい》して逆立っていた。

「まったく、失礼ですね。こんなに働いていたというのに」

「うんうん。私たちの努力を知らないから言えるんだよね」

（リタはともかく、シルルカは果物を食ってただけじゃないか……？）

この国に来てからやったことと言えば、移動していたことくらいだ。とはいえ、余計なことは言わないに越したことはない。

ボルドは呆《あき》れ気味にフェリクスに尋ねる。

「で、なにができねえんだ？　炎帝って鳥に追いつけばいいだけなんだろ？」

「そうは言うが、相手の移動はかなり速いぞ。簡単にはいかない」

「はっ！　俺様を誰だと思ってやがる！」

ボルドの言葉に、間髪《かんはつ》容れずにミーアが答える。

「天才のボルド団長です！」

「そうだ！　俺様にできねえことなんてねえ！　はっはっは！」

大笑いするボルド。この自信はどこから来るのだろうか。

フェリクスはすかさず告げる。

「よし、それじゃあ頼んだぞ！　俺の代わりに炎帝を倒しといてくれ！」

「やった！　ボルドさんが来てくれてよかったです。これで涼しいところに帰れますね」

「あんまり長くいたら日焼けしちゃうもんね」

「仕事も終わったし、ジェレム王国に帰るか」

三人は帰ろうとするのだが、途端にボルドは慌て始めた。

「ちょ、ちょっと待て馬鹿野郎！」

「できないことなんてないんだろ？」

「アイツを倒すのはてめえの役割だろ！　俺様はのろまなてめえでも追いつけるようにしてやるだけだ！」

ボルド自身の戦闘能力は決して高くはない。期待してはいなかったが、やはり「できないことがない」なんてことはないのだ。

フェリクスはため息をついた。

「結局、俺がやらないといけないのかよ」

「当たり前だろうが！　化け物の相手は化け物に任せるに決まってんだろ！」

「ひどい」

「まったく、これだから常識のねえやつは……」

「ボルドには言われたくない」

これればかりはフェリクスも反論せずにはいられない。口を曲げるフェリクスのところには、ポポルンがやってきて頭をすり寄せて慰めてくれる。

思いやりのある相棒である。

フェリクスは気を取り直して、今後の予定を話し始める。

「で、具体的にはどうするんだ？」

「こいつを使うんだ」

ボルドは馬車をバンバンと叩《たた》く。

「移動は速そうだが、相手は空にいるんだぞ？」

「このまま使うわけねえだろ。こいつを改造して飛行船にするんだ。ここで組み立てることで、ここまで運送するエネルギーロスを減らせたってわけよ！」

馬車に飛行船を乗せて運んでくれれば、その分だけ重くなってしまうが、到着後に馬車に改造すれば、余計なエネルギーを使わなくてすむという理屈だ。

しかし……。

（それなら最初から飛行船で来ればよかったんじゃ……？）

フェリクスはそう思うが、余計なことを言えばまた文句を言われそうなので黙っておいた。

「俺様は天才だから明日には完成するぞ！」

「そうか。頑張ってくれ」

「ありがたく思えよ！　ミーア、行くぞ！」

「はい！　……どこにですか？」

「馬鹿野郎！　こんな町中で作業ができるか！　町の外に行くに決まってんだろ！」

（……あんな馬車で町中を暴走してきたんだから、今更じゃないか？）

気を使うなら、もっと早くすべきだったのではないか。フェリクスが首を傾《かし》げる一方で、ミーアは素直に感心していた。

「ボルド団長はなんと思慮深いのでしょうか！」

単にミーアの考えが至らないだけだと思うフェリクスだが、ボルドの奇行に付き合っていたら感覚もズレるよな、と哀れむのであった。

◇

翌朝、フェリクスたちは町の外に来ていた。

ボルドとミーアは仁王立ちしており、どうやら到着を待っていたようだ。

「遅いじゃねえか！」

そう言うボルドだが、衣服はヨレヨレで、目の下にはいつもより濃い隈《くま》ができている。間に合わせるために、徹夜で作業していたのだろう。

（そんな状態で作ったものに乗って大丈夫なのか？）

自分が言ったことに忠実であろうとするのはいいのだが、フェリクスは不安になる。

彼の内心も知らずに、ボルドは両手をバッと広げて高らかに告げる。

「最高傑作だ！　推進剤は風の精霊だけじゃなく火の精霊の力を借りるものだ。それにより風の精霊が少ないこの地でも、抜群の推進力が出せるってわけよ！　くぅ～！　こいつを思いつくなんて、俺様は天才だな！」

「……壊れないだろうな？」

セイレン海でボルドの船に乗ったとき、ひどい目に遭ったことがある。

しかも、今回はそれ以上に危険性が高い。なんせ空を行くのだから、空中分解でもしたら目も当てられない。

ボルドは彼の心配など気にもせず、いつもどおりだ。

「同じ失敗は二度と繰り返さねえ！　安全性はバッチリに決まってんだろ！」

「よし、じゃあ試運転はボルドがやってくれ」

「ば、ばばばば馬鹿なこと言うんじゃねえよ！　空中でなにかあったらどうするんだ!?　責任取れんのか!?」

「言ってることおかしくないか!?　だいたい、責任取るのはお前だろ！」

「万が一があるかもしれねえだろ！　天才の俺様が墜落死したら人類にとっての損失だが、てめえなら落ちても頑丈だから問題ねえ！」

「俺だって落ちたら痛いっての！」

精霊王の翼があるため、落ちてもさほど問題ないのは確かだが、そんなふうに言われるのは心外である。

シルルカもボルドに呆《あき》れた視線を向けていた。

「自分が最初に乗りたくないから、わざわざこっちで組み立てたんですね」

「あ、そっか。ボルドさんは運転が下手なんだ」

「とはいえ、蛇蝎騎士団の自分の部下を最初の犠牲者にしようとしないだけ、まだマシなのか……？」

蛇蝎騎士団の団長としては、ということであり、フェリクスにとってはたまったものではないが。

ボルドはなにかを言おうとしていたが、やがて吹っ切れたのか、片足で地面をドンと踏みつけた。

「ええい、ご託はいらん！　俺様が作ってやったんだからありがたく乗りやがれ！」

「仕方ないな」

なんにせよ、炎帝を追うには飛んでいくことが必要だ。

フェリクスは渋々、飛行船に乗り込んだ。三人乗りになっているのは、シルルカとリタも乗せられるようにしたからだ。

「爆発しないだろうな」

まずはフェリクスが一人で試運転することになる。

「師匠、頑張ってください！」

「団長さん、気をつけてくださいね！」

リタとシルルカの声援を聞きながら、フェリクスは飛行船を起動させる。ブゥン、と音を立てるなり、一気に加速した。

それに伴って、体がぐんと船体に押しつけられる。

浮遊感が生じるとともに、空に舞い上がったフェリクスだが――

「どうなってるんだこれ！」

飛行船は加速も減速もままならず、右に左にと勝手に飛び回る。

地上のボルドは声を張り上げた。

「てめえが下手くそなだけだろ！　精霊の力を借りるんだ。ちゃんとコントロールしやがれ！」

「なに言ってるんですかボルドさん。団長さんにそんな器用なことができるわけないじゃないですか」

「くぅ～！　そうだったな！　いかに天才の俺様といえども、こんなに魔術が使えない騎士団長がいるなんて想像もできなかった！　いや、こいつは俺様の失態だ！　まさかこんな基本的なこともできねえとは！」

「ぶっ飛ばすぞこの野郎」

もっとも、フェリクスがほとんど魔術が使えないのは事実である。

だが、今は言い争いをしている場合ではない。飛行船はますます暴れ回り、フェリクスを振り落とそうとしているのだから。

「これどうやって止めるんだよ！」

「緊急着陸ボタンを押せ！」

「それを飛ぶ前に教えてくれよ！　……ちょっと待て、まさかこれを押したら墜落するんじゃないだろうな？」

セイレン海でボルドの船に乗ったとき、緊急停止させたらただ動かなくなっただけのことがあった。

しかし、ボルドもアレは反省していたようだ。

「心配いらねえ。ゆっくり降りてくるようにしてある！」

「……信じていいんだろうな!?」

不安に感じつつも、フェリクスはボタンを押す。

すると飛行船はゆっくりと落下を始める。これなら事故は起きなそうだと、フェリクスはほっと一息つくのだった。

それから時間をかけて地上に到着するなり、ボルドが嫌味を言ってくる。

「ったく。せっかくの俺様の傑作も、下手くそに使わせたら形なしだな」

「悪かったな」

「だいたい、風の大精霊の加護をもらっておいて、なんでこんなこともできねえんだよ」

「俺はもらってないんだよ」

シルフ精霊域では、フェリクスには精霊王の力があるせいで、大精霊の加護がもらえなかったのだ。

「いろいろと考えてはみたんだが、魔術がろくに使えないのも精霊王の翼があるせいだな。この力が強すぎて、精霊たちが遠慮気味になるみたいだ」

「精霊にも嫌われてるのかよ」

「『にも』ってなんだよ。そもそも嫌われてないし、お前と一緒にするなよ」

「そうですよ。団長さんにはファンがたくさんいますもんね。陛下の執筆された『フェリクス英雄伝』はベストセラーになってますし」

「いや、あれの主人公は俺であって俺じゃないんだが……」

脚色や捏造《ねつぞう》が多すぎるのである。

そんなやり取りを交わしていたフェリクスだが、とうとう告げる。

「結局、誰が操縦するんだ？」

先ほど実演したように、フェリクスはろくに飛行船の操縦ができない。

ボルドは自分ではやりたくないようで、目を逸《そ》らした。なんてヤツだ。

となれば――

「はいはい！　師匠の代わりにリタがやってあげます！　大精霊様の加護をもらってるの

でバッチリです！」

「リタさんはそよ風すら吹かせられなかったんですが……。仕方ありませんね。団長さんの代わりに私が操縦してあげます」

「大丈夫だもん」

「リタさんはいざというときのために力を蓄えておいてください」

シルルカが真剣な口調で言うと、リタははっとする。

「わかった！　そうだよね、リタは切り札だもんね。百貌に譲ってあげる」

「ええ、本当に。いざというときが来ないことを祈ります」

そんなことになったら墜落するかもしれない。なんとしても避けたいところだ。

渋々操縦することになったシルルカは、飛行船の中を探る。

「なるほど」

「わかるのか？」

「機械のことはさっぱりですが、精霊たちの気配は感じられますね」

「確かにな」

フェリクスはよくわからなかったが、もっともらしく頷《うなず》いておいた。

隣でリタもうんうん、と頷いていた。たぶん、彼女も似たようなものだろう。ほっとするフェリクスである。

「それでは炎帝のところに向かいましょうか」

「頼む」

シルルカが軽く杖《つえ》を振ると、精霊たちがそれに反応して飛行船が動き始める。

フェリクスが操縦していたときと異なり、今回の動きは非常に滑らかだ。これならば、快適に移動もできよう。

フェリクスたちは空へと突き進んでいく。

「わあ、地上が遠いです！」

「ボルドさんたちも小さくなっちゃいましたね！」

リタが身を乗り出そうとするなり、フェリクスはがっしり捕まえる。

「落っこちないように気をつけろよ」

「リタさんは紐《ひも》で結んでおいたらいいんじゃないですか？」

「ペットじゃないんだから、そんなことしないでよ！」

頬を膨らませるリタだが、やはり危なっかしくて、フェリクスは彼女を掴《つか》んだまま、離せないのだった。

そうして一行が離れていくのをボルドとミーアは見ていたのだが……。

「ところでボルド団長」

「なんだ？」

「私たちはどうやって帰ればいいんでしょうか？」

馬車は飛行船に改造して、フェリクスたちに渡してしまったのだ。用意してきた乗り物はもうない。

ボルドとミーアは顔を見合わせるのだった。

◇

フェリクスたち三人は、空の旅を楽しんでいた。

ボルドたちと別れてからずっと移動を続けており、今は比較的北にある町の上空を飛行していた。

空を見上げる地上の人々は、慌てたり拝んだりと大忙しだ。この飛行船がなんなのか、わかっていない者も多いのだろう。

リタは手を振ってみるが、人々はぽかんとするばかりである。

こうした町を通り過ぎれば、あとはなにもない。砂漠ばかりが広がっている。

「地上にいたときは遠くは見えませんでしたが……今は地平線まで見えますね」

「いい眺めだな。どこまでも行けそうだ」

「風も気持ちいいですし、この日差しの暑ささえなければ最高なんですけれどね」

もうすぐ昼になるため、気温も高くなってきている。

フェリクスはシルルカの様子を確認する。

魔術の扱いに長《た》けているとはいえ、魔術のみならず操縦自体もシルルカがずっと担当していたから、疲れは溜《た》まってきているだろう。

「少し休憩するか」

「炎帝を追うのに休んでも大丈夫ですか？」

「今のところ、相手は動いてないみたいだからな。……お、ちょうどいいオアシスがあるぞ」

遠くに目を凝らせば、砂ばかりの大地には似つかわしくない澄んだ池が見える。その周囲には青々とした植物が見られた。

「それでは、お言葉に甘えて寄っていきましょうか」

シルルカはゆっくりと飛行船を降下させた。

オアシスに近づくにつれて、気温が下がってくる。水が蒸発することや、植物に日が遮られる影響だ。

「これは涼しいな」

「ふう。生き返りますね」

フェリクスとシルルカが植物の日陰で一休みする一方で、リタは池に駆け寄っていく。

そして手でパシャパシャと水をすくってみる。

「冷たくて気持ちいいね！　百貌もこっちに来たら？」

「それもいいですが、日陰が快適なので動けませんね」

池自体は植物で遮られていないため、強い日光にさらされてしまうのだ。

そんなシルルカのところに、リタがやってくる。手には袋を持っていた。

「はい！　汲《く》んできたよ！」

「気が利きますね」

「えへへ」

それからシルルカとリタは水遊びをする。

セイレン海で得た水の精霊の加護を用いれば、水を自在に操ることもできる。もっとも、リタは水鉄砲よりも弱い威力でしか使えないのだが。

砂漠は乾燥しているから、多少濡れてもすぐに乾くだろう。

フェリクスははしゃぐ二人から目を離すと、精霊王の力に意識を向ける。

（……そこにいるな）

今も炎帝との繋《つな》がりが感じられる。移動はしていないようだ。

精霊王は死してなお、バラバラになった体を求めて、一つになろうとしているのかもしれない。

フェリクスはそれから、自分の行動を振り返る。

（こんな調子でやっていていいんだろうか）

ジェレム王国の方針として精霊王の遺体の力を回収することを優先したのだが、銀霊族がなにかを仕掛けてくる前に、こちらから攻めていったほうがよかったのではないか、と思うことがある。

銀霊族が着々と準備を進めているかもしれない、という不安は拭えない。

じっと考え込んでいると、冷たいものが顔にかかった。

「えいっ……！」

水を拭いつつ顔を上げると、水をかける仕草をしたシルルカが目に入る。

「うん？」

「……あの。無反応だと困っちゃうんですが。団長さんが思い詰めた顔をしていたので、緊張をほぐしてあげようと思いまして」

気を使わせてしまったようだ。

（そうだな。俺がどっしり構えていないとな）

なにがあろうとも、平和を踏みにじる輩《やから》はすべて退けるだけだ。

フェリクスは笑いながら立ち上がった。

「まったく、いたずら狐め」

フェリクスが水をかけると、シルルカは「きゃっ」と可愛い声を上げた。なんだかフェリクスも楽しくなって、逃げるシルルカを追いかける。

と、後ろから水をぶっかけられた。

「油断しましたね！　リタもいるんです！」

「やるじゃないか」

「えへへ。忍び足は騎士の嗜《たしな》みです！」

「そんな小技が嗜みになる騎士団なんて、銀翼騎士団くらいじゃないですか？」

「そうか？　うちの連中はドスドスと足音を鳴らしてるやつのほうが多い気がするが」

「確かにそうですね。ヴォークさんとか」

傭兵《ようへい》上がりなどが多いため、所作が洗練されていないのである。

「なんにせよ、歩法は基本だからな。身についてきたならいいことだ」

「はい！　師匠にも負けません！」

そう言って走り始めるリタだが、早速砂に足を取られて、転びそうになるのだった。

◇

しばらく水遊びを堪能した一行は、再び炎帝のいる場所へと向かっていく。

次第に精霊王の反応が強くなってくる。敵が近くなった証拠だ。

そして精霊王の力の繋《つな》がりに反応があった。

「炎帝が逃げ始めたぞ」

「追跡しましょう！」

フェリクスが敵の方向を示すと、シルルカはそれに応じて進路を変更してくれる。

移動速度はこちらのほうが上だ。いずれ追いつけるはず。

（ボルドのやつも口さえ開かなければ、できる男なんだよな）

フェリクスはそんなことを思いつつ、進む先を睨《にら》み続ける。

やがて、はるか遠くに炎が見えてきた。

「あれが炎帝か」

近づけば近づくほどに、その炎は大きく見える。とても剣で打ち倒せるような相手とは思えない。

だが、ここまで来て怖《お》じ気《け》づくわけにはいかなかった。

「速度は上げられるか？」

「これが限界です！」

「わかった。それなら俺も手伝おう」

フェリクスは銀の翼を広げると、その力で飛行船を加速させる。引きちぎられそうなほ

どの力が加わって、速度が増していく。

近づくにつれ、炎帝の姿が明らかになってきた。

一見すると巨大にも思えるが、大きく広がった翼が大部分を占めており、胴体はそれほど大きいわけではない。

燃えさかる翼が羽ばたくとともに火の粉が舞い散る。それはあたかも威嚇《いかく》しているかのようにも見える。

赤々としたその鳥は、フェリクスのほうに一瞬だけ目を向けた。

「来るぞ！」

炎帝が大きく翼を動かすと、猛火が放たれる。それらは大きく広がって、波のように押し寄せる。

「躱《かわ》します！」

シルルカが飛行船を動かして回避するが、攻撃の範囲が広いため、かなりの大回りになる。その隙に敵は遠くへと距離を取っていた。

こちらを寄せつけないつもりか。

「あんな力を使い続けたら、疲弊してくるはずだ。粘り続ければいずれは辿《たど》り着ける」

相手の攻撃力にも限界はある。

もちろん、フェリクスも銀の翼を使い続けているわけであり、根比べということになるだろう。

近づいては炎を放たれ、躱すために距離を空けられては、また敵を追う。

何度も何度も繰り返す。距離は縮まる気配がない。

フェリクスは改めて敵の様子を見る。

「……おかしいぞ。疲れる様子がない」

リタもまじまじと眺める。

「まだ全力を出してないってことです？」

「いや、そこまで精霊王の力が絶大というわけでもなさそうだ」

精霊王の遺体を大量に保持しているわけではなかろう。もしたくさん持っていれば、感じられる反応はもっと強いはずだ。

なにか秘密があるに違いない。

シルルカには操縦に集中してもらい、フェリクスはリタとともに様子を窺《うかが》う。すると、リタが声を上げた。

「あっ！」

「どうした？」

「後ろを見てください。炎が落ちたところなんですが……焦げたところとそうでないところがあります」

「火力に差がある？」

「えっと……音が聞こえないので変だなって」

リタ曰《いわ》く、音のない炎があるという。

フェリクスは炎帝の巣を思い出した。あそこは炎帝自体のサイズよりも焦げ目が小さかった。そして炎帝は見る人によって大きさが違うという情報もあった。

もしかすると……。

「炎は幻影かもしれないってことですか？」

シルルカがフェリクスの疑問を口にした。

「ああ。幻影の魔導は疲れないって言ってただろ？」

炎が実体を持たない幻なら、それほど大きな労力は必要ではないのかもしれない。軽々と飛行しているのはそれが理由か。

フェリクスの推測に、シルルカは頷《うなず》いた。

「その可能性が高そうですね」

「だとすれば、相手が疲れるのを待つのは愚策か」

フェリクスは銀の翼を維持している分、長期戦には向かない。

敵を見ていたシルルカだが、フェリクスを一瞥《いちべつ》する。

「やっぱり、団長さんに突っ込んでもらうしかなさそうです」

「それは――」

「私とリタさんで幻影を見抜きます。それなら迂回《うかい》せずに最短距離で敵に近づけるでしょう」

「なるほど。……できるか？」

リタに視線を向けると、元気よく手を上げた。

「任せてください！」

「よし、じゃあそれでいこう」

「……団長さんは不安じゃないんですか？」

「リタもシルルカも信じてるからな。大丈夫に違いない。なにかあっても、二人は守るし、俺が丸焼けになるだけで済ませるさ」

精霊王の力を使えば、炎も遮ることはできよう。だからなにも迷う必要はない。

フェリクスが覚悟を決めると、シルルカは杖《つえ》を振った。

「いきます！　覚悟してくださいね！」

「頼む！」

飛行船は炎帝へとまっすぐに近づいていく。そして距離が近くなるや否や、敵は炎を放ってきた。

リタは耳を澄ませ、シルルカは操縦に集中する。

「前です！」

二人が進む先を指し示す。

フェリクスは万が一に備えて、銀の翼で船体を覆った。

「突っ込むぞ！」

燃え盛る炎の中へと、飛行船は向かっていく。

問題はない。シルルカとリタが助けてくれているのだから！

「入ります！」

目の前に炎が近づき、その中に呑《の》まれていく。熱さはなかった。

そして目の前が開ける。炎帝はもうすぐそこだ！

「ポポルン、二人を頼む！」

現れたその鳥は、シルルカとリタを守るように位置する。頼もしい守護精霊にあとを任せて、フェリクスは一人飛び出した。

一気に炎帝との距離を詰めていく。

さあ、炎を放ってくるか。

フェリクスは銀の光を剣に纏《まと》わせていく。対する相手は翼を腕のように振りかぶったところだ。

炎の発動までは時間がある。これならば――

(俺が先に撃てるはず！)

そう思った直後、銀の光が放たれた。

炎帝の炎の中から飛び出したのは羽根だ。

「翼が幻影だったのか！」

ゆっくりと翼を振りかぶるように見せかけて、実際は予備動作は済ませていたのだ。

そして狙いは――

銀の羽根はフェリクスの横を通り過ぎ、飛行船目がけて進んでいく。このままだと二人を直撃してしまう！

「リタ！　シルルカ！」

「団長さん、進んでください！　あの炎の翼は幻です！」

「切っちゃってください！」

シルルカとリタの声を聞いて、フェリクスは止まらずに進む。飛行船が銀の羽根に直撃されて、背後でドォン、と爆発する音を聞きながら。

剣を掲げて炎の翼に飛び込むと、その中で敵の正体を見抜く。

そこにいたのは小さな銀の鳥だ。矢が当たってもびくともしないという噂《うわさ》は、そもそも命中していなかったということか。

だが、この距離ならば外さない！

「観念しろ！」

フェリクスは銀の剣を振り下ろす。

パッと炎が二つに割れた。そして銀の鳥は跡形もなく消し飛んでいた。

いつしか周囲の炎は消えていた。炎帝が倒されたことで幻影が消えたようだ。その代わりに銀の残滓《ざんし》がキラキラと舞い散っていた。

フェリクスはすぐさま振り返る。

「リタ！　シルルカ！」

彼の声に、すぐに返事があった。

「大丈夫です！」

シルルカとリタは空中でこちらを見ていた。

ほっとするフェリクスだが、のんびりしてもいられない。二人が「早く来てください！」と催促しているのだ。

決して大きくはないポポルンに二人でしがみついているため、落っこちかねない。

「すまん！」

フェリクスは急いで戻ると、二人を抱きかかえる。

シルルカとリタは彼の腕の中で、ぎゅっとしがみついてきた。

「ふう、一安心です。落っことさないでくださいね」

「そうならないように、抱きついていないとね」

「リタさん、くっつきすぎですよ」

「離れたら落ちちゃうよ！」

「それはそうですが……」

相変わらずの二人にフェリクスも笑うばかりである。

そして肩に乗っかったポポルンに感謝する。

「ポポルン、助かった」

「ポッポ！」

フェリクスに褒められると、ポポルンはぱたぱたと飛び回る。

「それにしても、団長さんが羽根に直撃される飛行船に戻ってこなかったのは意外ですね。守りを優先すると思いましたが」

「二人とも、ダメそうなときはいつも助けてって言うからな」

「確かにそれは否定できませんね」

「なにより信頼してるからさ。なあ、ポポルン？」

「ポッポ」

ポポルンはフェリクスの肩に再び乗っかって、機嫌よさそうにしている。この相棒がいれば、ちょっとやそっとではやられるはずもない。

こんなに頼れる仲間たちがいるのだ。心配なことなんてなにもなかった。

「さて、精霊王の遺体の力は確かに回収したぞ」

「それでは帰りましょうか」

「ジェレム王国は春だし、きっと過ごしやすいな」

「もう花も咲いてるかな？」

「お花見もできるかもしれませんね。楽しみです」

三人はそんな期待を膨らませる。

フェリクスはゆっくりと下りていき、地上に降り立つや否や、周囲を見回した。

そして、爆発してバラバラになった飛行船の破片を眺めた。

「……ボルドのやつ、怒るかな？」

「おそらくは」

「設計不良で壊れたことにしたら……」

「原因究明のため、ねちっこく何日も質問攻めにされるでしょうね。正直に事実を話すほうが無難です」

「はあ。災難だ」

肩を落とすフェリクスである。

やがて気を取り直して、移動を再会しようと思うのだが、シルルカとリタはずっとくっついたままである。

「……帰るぞ？」

「はい。帰りましょう！」

「出発です！」

「やっぱり、俺が二人を運ぶことになるのか」

「もちろんです。こんな広大な砂漠を歩いたら、行き倒れになっちゃいますから」

「俺はいいのかよ」

「師匠はすごいんです！　どんな道でも進んでいっちゃうんです！」

素直に褒めるリタであるが、なんとも微妙な気持ちになるフェリクスであった。

が、ぎゅっと抱きついてくる二人の顔を見ていると、力も湧いてくる。

「それじゃ、行くか」

「出発です！」

銀の翼を使って加速しつつ、フェリクスは東へと戻っていく。ポポルンには先に行って、トスカラ王に報告してもらうことにしたため別行動だ。

気温はまだ急には下がらず、日差しは強い。

精霊王の遺体の力を回収したとはいえ、その後もしばらくは影響は残るようだ。周囲の精霊を使役して、支配下に置いていたからだろう。

この問題も解決してあげたいが、今はそれよりも諸悪の根源である銀霊族をなんとかするのが先だ。

それが済んだら、各地の小さな問題も解決していけばいい。

フェリクスは進む先を眺める。

どこまでも砂漠は続いているが、必ず終わりはある。歩き続ければ、いつかは抜けられるだろう。

町に辿《たど》り着くのは、間もなくであった。

第十八章　戦乙女《いくさおとめ》と銀の陰謀

オルヴ公国は、北のジェレム王国との間には山脈があるうえ東側も人の住まない山々ばかりが広がっているため、比較的争いの少ない土地であった。

精霊王降臨の地という背景もあり、観光業や宗教的な産業によって成り立ってきた国家のため、各国から訪れる精霊教正教派の者と諍《いさか》いを起こさないように配慮されてきたことも要因の一つだろう。

しかし、ここ最近は急に物騒な様相を帯びてきた。銀霊族が住まう都がオルヴ公国の近く、南東の地にあるという情報がもたらされたのである。

それのみならず、精霊王の心臓の働きにより、国内のあちこちで魔物が大暴れしており、兵たちが慌ただしく出動しなければならなかった。

そしてこの日も、南部では干戈《かんか》が甲高い音を響かせていた。

「ここから先に行かせるな！」

声を張り上げたのは、戦乙女の異名を持つ英傑セレーナである。

彼女はオルヴ公国の『フリーベ騎士団』に所属しており、兵たちを率いていた。

迫る魔物の爪と牙を軽々といなし、相手が隙を見せたところに鋭い一突きをお見舞いする。魔物は絶叫を上げて倒れるばかり。

血しぶきの中を駆けてゆく彼女は銀の光を纏《まと》っていた。

「セレーナ様！　こちらは我々にお任せを！」

まだ若い騎士は手勢を率いて隊伍を組んでおり、魔物の侵攻を阻《はば》んでいる。

「貴公の背後には集落がある。そのことをゆめゆめ忘れるな！」

「はっ！」

彼らが敵を逃せば、無辜《むこ》の民が犠牲になる。

兵たちは気を引き締めて、剣を握るのだ。

そしてセレーナは立ちはだかる魔物を切り裂きつつ、まっすぐ標的へと向かっていく。

――精霊王の脈動に駆り立てられるままに。

彼女の中にあるその力は、バラバラになった半身を求めている。それにともなって、セレーナも幾度となく精霊王の遺体を宿した魔物を切ってきた。

そのたびに力は強く脈打つようになってきた。

そして今も力を求めて剣を振るう。

（……捉えた！）

離れたところに銀の光を見つける。

その獣は二足で立っており、振り上げた両手の爪は長く鋭い。魔物は精霊王の羽根で強化されているらしく、動きは軽やかだ。

セレーナを見るなり、ギラギラと爪を輝かせながら飛びかかってくる。

――速い。

並の兵であったならば、首が飛ぶまでただ目を見開いているばかりだっただろう。が、セレーナは素早く風の魔術を用いた。

魔物の爪が彼女を捉えたかと思われた瞬間、その姿が消える。

否。消えたかと思うほどの速度で背後に回っていた。

「貴様の暴虐もここまでだ」

セレーナの剣には銀の光が纏わりついている。風を切る音を置き去りにして、刃は振り抜かれた。

獣はぐるりと振り返ろうとして――その首が落ちた。

セレーナの剣は軽く細いものだが、精霊王の力が加われば比類なき鋭さを誇る。鉄すらも易々と切り裂いてしまうだろう。

「その力、私がいただく」

剣を胴体に突き刺すと、剣身を伝わって力が流れ込んでくる。

浮かび上がる銀の光の中に佇《たたず》む様は、戦乙女《いくさおとめ》の名にふさわしい。

周囲の魔物たちはその場から逃げ出そうとするが、セレーナは鋭い視線を向ける。

「逃がすものか」

剣を引き抜くと、その剣身に銀の光とともに風が纏《まと》わりつく。

そしてセレーナの一振りで一陣の風が吹いた。

風に乗って放たれた光は弧を描きながら、魔物を巻き込んでいく。そこに触れた個体は、次の瞬間には両断されていた。

わずかばかり残った魔物もセレーナが次々と叩《たた》き切っていく。あとには死骸が残るばかりだ。

「セレーナ様！　お見事です！」

若い騎士が駆け寄ってくる。

そちらの魔物も片づいたらしい。集落は無事に守られたわけだ。

「ご苦労だったな」

「い、いえ！　それにしてもセレーナ様はすごいですね！　あの『異形』まで倒してしまうなんて！」

こちらでは精霊王の遺体の持つ力については一般に伝わっておらず、その力を宿した魔物を「異形」と呼んでいた。

セレーナはあれから調べ続けていたこともあり、精霊王の力に関する事実に行き着いてはいたが、一般に広めるのもどうかと思われて公表はしていない。

「誰かが倒さなければ、民が犠牲になる。やらなければいけないことだった」

国内で精霊王の力が使えるのはセレーナくらいだから、率先してその任務は引き受けていたのだが、この若い騎士はセレーナを心底慕っているようだ。

「素晴らしいお考えです」

しきりに頷《うなず》く姿を見て、自分に対する扱いも随分変わったものだとセレーナは思う。

この若者は騎士となってから日が浅いらしく、去年までのセレーナの立場を知らないのだろう。

かつて上層部からは、ただの役に立つ戦力としか見られなかったセレーナだったが、オルヴ公の一件以降は騎士を束ねる立場となり、今では国を守る英雄としての振る舞いが板についてきた。

これから先、そうであらねばならないと彼女自身も思う。

（……二度と悲劇を繰り返さないためにも）

彼女の言うところの悲劇は二つある。そのうち一つはオルヴ公のことだ。

かつてオルヴ公は銀霊族と手を組み、精霊王の力を手に入れようとしていた。その結果、彼は騙《だま》されて偽物の精霊王の腕を掴《つか》まされ、精霊王の降臨に失敗して落命した。

そしてもう一つはセレーナの故郷の村を消し飛ばした銀の光のことだ。詳細は掴めていないが、上層部による精霊王降臨のための実験であったことがわかっている。

どちらも裏では一つに繋《つな》がっていることであり、フリーベ騎士団は憎むべき相手なのかもしれない。

それでも両親との繋がりであるように思われて、フリーベ騎士の身分を捨て去ることはいまだにできていない。

しかし、明らかに以前とは変わったところがある。

（この地位を利用してでも、悪行は叩《たた》き潰してみせる）

オルヴ公の一件を契機に、彼女は司祭たちから独立した権限を持つ騎士として活動するようになった。

精霊王降臨の失敗や魔人と繋がっていたことが表沙汰になるのを嫌って、司祭たちはやむなくそれを認めたのである。

言わば取引だった。これまでの悪行をすべて見て見ぬふりをする代わりに、今後は精霊王の力に関わっていく条件を出したのだ。

（たとえ私の行いが正義でなかったとしても、民が守られるならそれでいい）

弱い立場にあるはずのセレーナばかりが得をする無理筋が通ったのは、ひとえにオルヴ公国の英雄と見なされる国内随一の活躍を見せたからである。が、実際のところ、それをやったのはフェリクスだ。

お互いの利益のために、セレーナがやったように見せかけたのだが、次にあのような事件が起きたとき、誰かに頼らず自分で対処できるように腕を磨き続けてきた。今や民のために精霊王の力を使うことに戸惑いはない。

セレーナは若い騎士に告げる。

「魔物の討伐は終わった。次の騒動に備えるとしよう」

「かしこまりました」

最近はこの近くに銀霊族が出現するようになったという。いつなにを仕掛けてくるかはわからない。

かつては同盟を結んでいた関係だった。結局偽りの同盟であり、オルヴ公は欺《あざむ》かれたわけだったが、そうだとしても表立って攻撃してくることはなかったはず。

しかし今は、オルヴ公国の立場は変わった。

精霊王の心臓の力が使われて以降、程度に差はあれど、銀霊族のことは各国が知るところとなった。

そこで銀霊族の土地と隣接しているオルヴ公国は、銀霊族と手を組んでいた可能性があると各国から疑いの目が向けられ、銀霊族と人のどちらにつくのか、決断を迫られた。

セレーナは、銀霊族と手を切るべきだと進言した。

司祭たちも最初は渋っていたが、欺かれたオルヴ公の死を無駄にするのか、無念を晴らさずにいられるのか、それでも公国に忠誠を誓った身か、とまくし立てられては、正論では太刀打ちできやしない。

まして、これまで銀霊族と手を組んでいたなどと言えば、そのときの責任を取らされる可能性がある。

もはや銀霊族との関係を口にする者はいなかった。

そんなわけでセレーナは、

「オルヴ公国で活動していた銀霊族はいなかった。捕虜を捕らえたときのことを誤解しておられるようだ」

と、他国との会議ではっきりと言ってのけたのである。これもある意味、汚れた大人になってしまったということなのかもしれない。

ともあれ、今はいろいろと問題が山積みだった。

それから周囲の調査を行うも新たな魔物は見つからず、帰還の準備を始めたところで、伝令がやってきた。

「セレーナ様、火急の用件がございます」

人目を憚《はばか》る様子であり、セレーナは帷幕《いばく》の中に入るように促して遮音の魔術を用いた。

「精霊教正教派の本部から連絡がございました」

「内容は？」

「銀霊族に関して話があるので参ずるように、とのことでした。仔細《しさい》はその際に話すそうです。こちらをどうぞ」

伝令から渡されたのは正式な書状だ。

オルヴ公国のフリーベ騎士団は宗教騎士団ではあるが、公国に所属する側面も持ち合わせている。独立した公国の部隊に近しいとはいえ、本部からの命令は無視するわけにはいかない。

――とりわけ、差出人に大司教の名が記されているのであれば。

(これは大きな案件のようだ)

迂闊《うかつ》な振る舞いをすれば、彼女の立場は危うくなるだろう。慎重にことを進めなければなるまい。

内密の話となれば、かつて銀霊族と繋《つな》がっていたことか。

(そもそも本部はオルヴ公の活動をどこまで知っている?)

セレーナは元々、オルヴ公の企《たくら》みを知らされていなかったため、本部とどの程度の繋がりがあったのかも不明だ。

そして今回、オルヴ公国の司祭ではなく、セレーナのほうに話が来たのも疑問だ。「精霊教」ではなく「フリーベ騎士団」――つまり戦力として用があるということか。であれば、司祭らにこの話をすべきではないかもしれない。

いずれにせよ、早々に赴かねばならないだろう。

「では、帰還して魔物討伐の報告を済ませた後、参るとしよう。ご苦労だったな」

セレーナは急いで返事をしたためると、伝令に渡した。

遮音の魔術を解いて帷幕《いばく》を出て、周囲を見回す。帰還のための準備は着々と進みつつある。

セレーナは東の山々を睨《にら》みつける。

銀霊族だけでなく、人の領地においても、いろいろきな臭くなってきた。

刻一刻と変わる流れをうまく泳いでいかなければ、権力という濁流に呑《の》み込まれてしまうだろう。

「厄介なことだ」

セレーナは手の中にある銀の光を見つめていた。

◇

西国への遠征から戻ってきたフェリクスたちは、王トスカラに呼び出されていた。

王城の廊下を歩きながら、あれこれと呑気《のんき》に話をする。

「今度はなんの用だろうな」

「きっと、頑張ったご褒美です！」

「炎帝も無事に討伐できましたし、希望が持てますね」

「いつもそう言ってるが、褒美をもらえたことないよな」

「だいたい、すぐ次の仕事ですからね」

盛り上がっていた三人だが、つい冷静になってしまう。何度も淡い願いは裏切られてきたのだから、過剰な期待は禁物だ。

やがて三人は謁見《えっけん》の間《ま》に辿《たど》り着いた。

中に入ると、王が待っていた。

「此度《こたび》の遠征、ご苦労であったな」

「無事にお役目を果たして参りました」

「うむ。やはりフェリクス殿は最高の騎士だ」

トスカラは何度も頷《うなず》いてから、炎帝に関するフェリクスの報告を聞く。

フェリクスはいつもどおり淡々と事実を告げるだけなのだが、トスカラは英雄譚《えいゆうたん》でも聞いているように目を輝かせながらメモを取る。

それが終わると、彼ははっとしたように、居住まいを正した。

「さて、呼び出した件だが、現在、各国は銀霊族討伐の流れで動いている。歩調を合わせるにあたって、取り決めも多くてなかなか進まない現状ではあるが、いずれ銀霊族との決た。

シルルカとリタはお互いに顔を見合わせて、「ほら、やっぱり」と目で言い合うのだっ
戦になるだろう」

「うまくいきそうなのですか？」

「なんとも言えないところだが、たとえ関係する各国の協調が成らなかったとしても、銀霊族とは戦わねばなるまい。今回は精霊教正教派の本部も関わっている。消極的な国も協力するそぶりくらいは見せるだろうな」

各国には教徒たちがいるから、無視するわけにもいかないのだ。

この流れはよほどのことがなければ変わらないだろう。

フェリクスはジェレム王国の騎士として告げる。

「では、出陣を命じられるのをお待ちしております」

「うむ。頼りになるな。そこで話があるのだが……すでに近隣にある精霊王の遺体は集めきった。そして出陣するまでは時間がある。これまで貴公らには多大な負担をかけてきた。ほんの少しばかりではあるが、休息を取るといい」

意外な言葉に、シルルカとリタはぽかんとする。

「本当にご褒美がもらえちゃった」

「おかしいですね。なにか裏があるかもしれません」

これには王トスカラも苦笑いする。

「英雄にも骨休めは必要だろう。ただし、必ず戻ってきてくれたまえよ」

フェリクスは頷《うなず》きつつも、疑問を口にする。

「騎士団長として、遊んでいるのはどうなのでしょうか。戦争となれば、なにかやることがあるかと思いますし」

「うむ。その役割は元々アッシュが担《にな》っているから問題はない」

「なるほど。まったく問題ありませんね」

「それがむしろ問題では？」

シルルカは思わず呟《つぶや》いてしまった。

騎士団長がいなくても現場が回るのはいいことだが、お飾りであるのはどうだろうか。

「師匠は戦闘が専門なんです！」

「そういえばそうでした。戦い以外のときはいなくても大丈夫ですね」

「事実なんだが、そう言われると釈然としないな……」

「まあまあ。せっかくなんですから、休暇を楽しみましょうよ」

「うむ。自由に過ごすとよい。ただし、必ず戻ってくるように！　フェリクス殿にいなくなられると困るからな！」

トスカラはもう一度、念押しする。

フェリクスは「必ずや戻って参ります」と王を安心させてから、謁見《えっけん》の間《ま》を退出するのだった。

それから三人は今後のことを話し合う。

「なんの予定もない休みも久しぶりだな」

「ずっと、旅をしてましたからね」

任務の合間に休暇はあったが長期間の休みではなく、いつ次の仕事が入るかもわからず、どちらかといえば待機というほうが近かった。

だから自由にしていいと言われても、したいことはすぐには思いつかない。働いているときは休みにやることをあれこれ考えていたはずなのに、いざ休めるとなると実感も湧かなかった。

「どこに行こうかな」

リタはうんうんと悩み始める。

三人はそれぞれ考えていたが、やがてシルルカが一番に口を開いた。

「私は一度、ヴェルンドル王国に行こうかと思います」

「近況報告か？」

「ええ。アムル様に話をしようかと」

「それはいいな」

シルルカの故国であるヴェルンドル王国は、かつての邪教徒狩りと竜魔人との戦争により、国内は荒れに荒れていた。半年ほど前、去年の秋頃に一度訪れた際に、のさばっている悪党を打ちのめしたものである。

そのときから、父の親友であったアムルとは親交が続いている。

アムルは王国の立て直しに尽力しており、シルルカは父の思いを受け継いで精霊王の力が正しく使われるように旅を続けることにしたのだが、銀霊族の目論見《もくろみ》が明らかになってきた以上、一度話をしておいたほうがいい。

フェリクスとシルルカが話をしていると、リタが尻尾をぴょんと立てた。

「リタはいったん、実家に帰ります！」

「そういえば、しばらく帰ってなかったな」

リタはカルディア騎士団に同行するようになったとき、実家を飛び出すように出発したらしく、竜魔人との戦いが終わってからも、すぐに次の旅に出るフェリクスと行動を共にしたため、長らく帰省していない。

そろそろ、親に顔を見せてあげたほうが安心するだろう。

「あ、師匠のことが嫌になって帰るわけじゃないので心配しないでください！　むしろ、その逆です！」

「わかってるさ。ご両親にもよろしく伝えておいてくれ」

リタは狐耳をピンと立てると、ほんのりと顔を赤らめつつ、おずおずと告げる。

「えっと、師匠……銀霊族をやっつけたら、次はお父さんとお母さんに会ってください」

「そうだな。リタを連れ回してしまったからな」

「はい！　責任取ってください！」

満面の笑みで尻尾をぶんぶんと振るリタであった。

竜魔王を討伐し、王城を飛び出したときからずっと三人で行動してきたが、二人が故郷に戻るとなれば別行動になる。

「俺は……どうしようかな」

故郷と呼べるほどの場所はない。

物心ついたときから民兵として戦《いくさ》に駆り出され、剣の才能を見いだされてからは言われるがままに剣を取り、日銭を稼いできた。

なんの手だてもない子供が一人で生きていくには、そうするしかなかった。だからほかの生き方は知らなかった。

だが、戦に明け暮れる人生は平和になった時代にはそぐわない。そう思ってカルディア騎士団の総長をやめて旅立ったのだが、振り返ってみると、銀霊族が暗躍していたため、戦中心の生活はあまり変わったようにも思えなかった。

（この機会に、見直してみるか）

兵士として歩んできたこれまでのことを。

精霊王の力を手に入れてから、立場も変わってきた。一度、初心に戻ることも大事だろう。

フェリクスが考えていると、リタがじっと顔を覗《のぞ》き込んでくる。

「リタがいないからって、浮気しちゃダメですよ」

「そんな相手いないっての」

「団長さんにそんな甲斐性《かいしょう》はありませんよ」

「そう言われると釈然としないが……」

この二人くらいしか、親しい女性がいないのは確かである。

「まあ、俺も大事な思い出のところに行くってことで」

シルルカとリタは「あっ」と気づいて、ピンと狐耳を立てるのだった。

◇

エメラルドグリーンの大海を進んでいく獣があった。

セイレン海の大精霊が住まう海域には、人は滅多に近づかない。神聖な場所として、遠くから拝礼するのがほとんどだからだ。

ときおり船で訪れる者もいるが、今回の訪問者は水しぶきを激しく上げる銀の獣に乗っていた。

「ねえアッシュ！　ほかに方法はなかったの!?」

「私としても苦渋の決断なんですよ。ケモモンにも無理をさせていますし」

ジェレム王国からここセイレン海まで、ケモモンは走り続けていた。

竜が保持していた精霊王の遺体が持つ力を手に入れて、ますます体力を増強させたケモモンだが、それでも不眠不休で走れば疲れる。加えて、泳ぐのが得意なわけではない。

水しぶきを全身に浴びて不満そうにするキララに、アッシュは説明を続ける。

「今のカルディア騎士団は戦争の準備に忙しいので、用が済んだらすぐに帰らないといけません。私が団長の代わりに騎士団を取りまとめているわけですから、不在にする時間は短くしたいんですよ」

「それはわかってるけど……」

「キララさんにも申し訳ないことをしました。とはいえ、私だけでは大精霊の言葉がわからないのでキララさんに頼むしかなかったんです」

そう言われて、キララは一転して得意げな顔になる。

「ふふ、遠慮しなくていいわ！　アッシュには私がついていないといけないからね！」

「頼りになりますね」

苦笑いするアッシュである。

やがて二人は大精霊の社《やしろ》の上に到着すると、ゆっくりと潜っていく。大精霊の力によって水の中でも息ができるようになっていた。

水流に導かれて社の中に入ると、穏やかな光を纏《まと》った人型がある。それこそセイレン海の大精霊だ。

キララは早速、通訳を始めた。

『ようこそいらっしゃいました。銀の騎士団よ』

「お久しぶりでございます。今日は銀霊族に関してお話があって参りました」

アッシュはこれまでの経緯を話す。

銀霊族の目的やザルツたちの居所など、最近わかったことは多々ある。

「間もなく、精霊王オヴェリスの右腕を取り戻すこともできるでしょう」

それはこの大精霊の秘宝とされており、かつてザルツに奪われたものだ。

銀翼騎士団は大精霊から取り戻すようにと依頼を受けていたが、ここに至るまで随分と時間がかかってしまった。

無言のまま話を聞いていた大精霊であったが、やがて頷《うなず》いた。

『ならず者から取り戻す日を、ずっと心待ちにしておりました』

長年、ここに収められていた秘宝なのだ。奪われてから、どれほど苦しい思いをしていたことか。

しかし、大精霊は声音を変えた。

『けれど……話を聞いていて考えは変わりました』

「そうおっしゃいますと？」

『あれは争いをもたらす力なのかもしれません』

人も魔人も、その力を求めて幾度となく戦争をしてきた。精霊王の遺物がある限り、歴史は繰り返されるだろう。

『それに、我々だけでは悪しき者から秘宝を守り抜くことは難しいでしょう』

実際、ザルツが攻めてきたときに奪われてしまっている。秘宝を取り返したとしても、再びそうした状況になることは今後も予想される。

「なにかお考えがおありですか？」

『ええ。秘宝を取り戻した後は、精霊王オヴェリスの力を大地と海に帰してしまったほうがよいのではないかと……』

それは秘宝を失うと同義だ。

「よろしいのですか？」

『まずは取り戻さないことには、いかようにもできませんけれど』

大精霊は、もう心に決めたようだ。

どれほど辛《つら》い決断であっても、本人が下したのであれば、もはやアッシュが口を出すことではない。

「それでは、銀霊族から取り戻しに行ってきます」

精霊王の力を――そして未来を。

アッシュたちは大精霊に見送られながら社《やしろ》をあとにする。水上に戻ると、眩《まぶ》しい日差しが目に入った。

さあ、これにて用事は済んだ。早々にジェレム王国に戻って、戦いの準備をしなければならない。

ケモモンは疲れたそぶりも見せず、力強く大海を泳いでいく。

水しぶきがキラキラと陽光に輝いていた。

◇

精霊教正教派の本部は独立した一国として存在している。

宗教組織として多大な影響力を各国に及ぼしており、どこかの国に加担することがないように独立性を担保するためだと言われている。

無論、フリーべ騎士団を有しており、他国への侵略の可能性に関しては懸念されるが、国土を拡大することを放棄しており、独立の立場を貫いてきていた。

そのため国土はとても狭く、この地と比べたら、そこらの小都市ですらずいぶん大きく見えるくらいだ。

国内には大聖堂や礼拝堂のほか、司教らが集まるための会議所や宿泊所など、最低限の施設がかろうじて揃《そろ》っているばかりである。

とはいえ、参拝する信徒たちは絶えず、常に人は多かった。

その中にフリーベ騎士セレーナの姿もある。

大勢の人々は礼拝すべく大聖堂に向かっていくが、彼女の目的は異なる。迷うことなく会議所に足を向けていた。

入り口にいる衛兵たちはセレーナの姿を見るなり、恭《うやうや》しく礼をする。

「お待ちしておりました」

「大司教様にお目にかかりたい」

「中でお待ちです」

会議所に足を踏み入れると、大司教らが待つ部屋に案内される。その中では遮音の魔術が用いられていた。

司教数名が席に着いており、上座には大司教の姿があった。

「オルヴ公国フリーベ騎士団所属のセレーナが参りました」

「待っておったぞ。さあ、席に着きたまえ」

「失礼いたします」

セレーナは言われるがままに席に着く。

周りは司教ばかりの中、彼女だけが騎士であり、立場は異なる。ここにもフリーべ騎士はいるが、護衛のために部屋の端で待機しているだけだ。

居心地の悪さを覚えながらもセレーナは話に集中する。

「貴公も知ってのとおり、銀霊族がこの世を支配しようと目論《もくろ》んでいる。邪悪なる魔人どもの意のままにさせるわけにはいかぬ。フリーべ騎士団は当然、これらを討伐することで合意に至っている」

フリーべ騎士団は、魔人と契約する邪教徒を断罪するために設立された経緯がある。それゆえに彼らが魔人を討伐しようというのは至極当然の行動指針であるが、司教らが動こうとしている理由は、果たしてそれだけか。

「無論、フリーべ騎士団の本懐は忘れてはおりません」

セレーナはそう言うだけにとどめておき、相手の出方を窺《うかが》う。

大司教はセレーナをじっと眺めた後に口を開いた。

「単刀直入に言おう。此度《こたび》の戦い、我らの旗の下《もと》に来る気はないか」

これは引き抜きだ。

セレーナはフリーベ騎士団の所属ではあるが、オルヴ公国の騎士団はなかば独立した組織となっている。

だからこそ今回の一件は、オルヴ公国の司祭らを通すことなく、セレーナに直接打診してきたのだ。

（大司教はなにを狙っている？）

セレーナの力を欲しているのは、おそらく彼女が集めた精霊王の力を狙ってのことだ。それは戦力としてなのか、はたまた別の理由があるのか。

いずれにせよ、即答すべきではなかろう。

セレーナはわかっていて、とぼけることにした。

「いつも我らの心は精霊王様の下《もと》にございます」

オルヴ公国につくのか、正教派の本部につくのか――その実質的な問いかけを、精霊教の信仰の話にすり替えたのだ。が、大司教はなおも続ける。

「戦《いくさ》になった際、我々の部隊で戦うことはできぬか」

かなり直接的な言い回しだ。これはすなわち、精霊教の本部としても、銀霊族に攻め込むということか。

ここまで踏み込まれては、セレーナもとぼけようがない。

「私を評価していただき大変光栄に存じますが、私にはオルヴ公国の防衛という任務がございます。ともに魔人と戦うことはやぶさかではありませんが、騎士として民を守る使命がありますゆえ、ご容赦いただければと存じます」

セレーナは深く頭を下げる。

丁重に断りを申し上げたわけだが、彼らはどう思うのか。

大司教らは顔を見合わせて、目で会話する。セレーナが来る前にあらかじめ打ち合わせていたのだろう。

やがて大司教がゆっくりと告げる。

「そうか。貴公が我らの下に来られぬのは残念であるが、ともに魔人と戦う同士として、今後も手を取り合っていこうではないか」

大司教は友好的な笑みを浮かべる。

しかしセレーナにはどうも、胡散臭《うさんくさ》く感じられるのだった。

「ありがたきお言葉でございます」

本当に話はこれだけだったようで、その後すぐにセレーナは退室することとなった。

あるいは、セレーナが断ったからか。ここで大司教側についていれば、続く話があったのかもしれない。

いずれにせよ、オルヴ公国の民をほったらかしにして精霊教の本部と行動をともにするなど、あり得ない未来だ。

セレーナは会議所を出ると、大聖堂に立ち寄ることもなく帰途に就く。そして大司教らの顔を思い浮かべた。

(……我欲に駆られたか)

彼らの表情は、どことなくオルヴ公らの様子と似通っているように感じられた。

基本的に精霊教の本部は政治には不介入となっているのだが、これではまるで、積極的に銀霊族に戦争を仕掛けるようだ。魔人の討伐だけが理由で動くわけではないだろう。

だとすれば……。

(精霊王の力を狙っている?)

オルヴ公がそうであったように。

あり得ない話ではない。むしろ精霊教の信者としては、誰もが精霊王にお目にかかる日を夢見ている。

魔人から取り戻すという大義を掲げて、精霊王を求めてもおかしくはない。

(これからどうする)

民の平和を願う騎士セレーナとしてどう行動すべきか。

オルヴ公国の司祭らに報告するのは下策だ。頼りにならないばかりか、こちらの身が危うくなる。

かといって、このままなにもせずにいていいものか。精霊王の力は強大であり、なにかあったとき、対応が遅れたら大惨事になる可能性がある。

相談するのなら、信頼できて強大な力を持つ人物——民のためならば組織に縛られず自己犠牲をも厭《いと》わない矜持《きょうじ》を持つ相手がいい。

そんな都合のいい存在があるものか。

セレーナは現実離れした考えを振り払おうとしたのだが、そのとき脳裏に一人の騎士の姿が浮かんできた。

「……そんな男がいたな」

あの男は敵として出会ったセレーナにも、情けをかけるほどの甘い男なのだ。彼女を売ることはしないだろう。

（一度、会っておこう）

そうと決まれば、あとは急ぐのみ。

セレーナは逸《はや》る気持ちを抑えきれず、走りだした。

◇

ヴェルンドル王国の議会では今日も、侃々諤々《かんかんがくがく》と議論が交わされていた。

かつてはドロフスことロムニスの影響下にあったため自由がなかったが、今は議員によってこの国の統治がなされている。自分たちの判断で国が変わっていく責任と誇りを胸に、彼らは職務に精を出す。

本日の議題についての討論が終わると、議会は閉会となる。バラバラと退室していく議員の中には、アムルの姿もあった。

議会が長引いてしまったから、時間に間に合うようにと早足で歩いていく。すべき仕事は残っているのだが、今日は大切な私用があった。

建物の外に、美しい金色の尻尾を持つ少女が待っていた。

最後に会ってから半年ほどしかたっていないが、少しばかり大人びたようにも見える。

「シルルカ、待ったかい？」

「いいえ。今来たところです」

シルルカは微笑《ほほえ》むと、アムルとともに歩きだす。

今回は一人旅だから、ヴェルンドル王国まで来るのに馬車を乗り継いで、長い道のりだった。いや、これまでと移動時間が大きく変わったわけではない。長く感じるようになったのだ。

隣ではしゃぐ赤い尻尾もなければ、やんちゃを窘《たしな》める優しい声もない。たった一人では、なにをしても物足りなく感じられる。

ヴェルンドル王国に来たばかりだというのに、シルルカはすでにあの居場所が恋しくもあった。

「アムル様はあれからいかがお過ごしですか？」

「毎日議会で忙しくしている。少しずつ、この国もよくなってきた」

「そうですか。それはなによりです」

国内はあんなにも荒れていたというのに、今では犯罪も少なくなったという。

ロムニス一派もゆっくりと解体されつつあり、傍若無人な振る舞いを見せることも少なくなったらしい。

問題は山積みではあるが、いずれ解決していけるだろう、とアムルは意気込む。

「ジェレム王国はどうかね？」

「団長さんがいますから。なにも問題はありませんよ」

「だろうな。……それで、手紙の件だったね」

シルルカはここに来る前に、手紙で約束を取り付けていた。

それは精霊王の力を狙う輩《やから》に惑わされてはならないということだ。

銀霊族との戦いが激しくなるにつれて、ヴェルンドル王国も出兵せざるを得なくなるだろう。その戦いの中で精霊王の力を手に入れようと目論《もくろ》む者は出てくるはず。

かつて魔人のみならず、各国の人々が精霊王を得るためにこの国を戦争に巻き込んだ。

精霊教の教会も加担していたという話すらあったくらいだ。

今度の戦いでも、この国の内外からそういう持ちかけがあってもおかしくはない。

シルルカは真剣な眼差《まなざ》しをアムルに向ける。

「たとえそれが誰であろうとも、あの力を悪しき者に渡してはなりません」

「そうだな。そのようなことをしては、父君に顔向けできない」

「近づいてくる者に気を許してはなりませんよ」

「君は手厳しいな。そんなところも父君に似ている」

シルルカはきょとんとした顔になる。

あの優しかった父が厳しいとはどういうことか。

「父に……ですか？」

「ああ。君にはずっと優しい父親の顔を見せていたのだろう。外では意外と厳しいところもあってね。もちろん、悪い意味ではないよ」

「仕事熱心だったのですよね」

「そのとおり。そういうところは、君に似ていないかもしれない」

「む……そんなことはありませんよ」

シルルカは頬を膨らませる。

アムルは冗談だと言いつつ、笑いかけるのだった。

「そうだ。君の父から預かっていたものがあった」

彼が差し出したのは美しい宝玉と一枚のメモである。

「これは……？」

「君が大人になり、もし自分と同じ道を歩むことを選んだのなら、渡してくれと言われていてね。お守りだそうだが、なんなのかは聞いていない」

アムルにこの宝玉を託したのは、そのときすでに父は死を覚悟していたからかもしれない。

魔導の研究――いや、精霊王に関わる道を選んだときに渡すということからも、この品は精霊王に関する品のはずだ。後ほど調べてみてもいい。

それから二人は昔話に花を咲かせる。

シルルカがここに来たのは近況報告と先の手紙の件が理由だが、それと同時に、ただ故郷を再び訪れたいという思いがあったのも事実だ。

たわいない話題だってたくさんある。

「――そのときも団長さんは全然気づかなかったんですよ。こんなに誘っているのに」

もちろん、年頃の少女らしい話も。

これまで相談相手がいなかったから、話したいことは尽きなかった。リタは親友ではあるが、そういう内容を話す相手ではない。むしろ、ライバルというか。

アムルは自分の娘でも見るような穏やかな顔で、終始話を聞いていた。

「きっと、彼は真面目だからだろうね」

「いくらなんでも、朴訥《ぼくとつ》すぎます」

「それがいいところだって、言っていたじゃないか」

「そうなんですけれど……」

シルルカは困ったように狐耳を倒して、金の髪をさらさらと指で弄《もてあそ》ぶ。

彼女を見ていたアムルはやがて問いかける。

「この旅が終わったあとはどうするつもりなんだい？」

いつかきっと世直しの旅も終わる。

フェリクスならば必ずや銀霊族を打ち倒してくれるはずだし、その後は次第に状況が落ち着いてくるだろう。

多くの問題はやがて世界から取り除かれて、きっと民草も幸せになっていく。小さな問題は決してなくなることはないだろうが、それはフェリクスが介入することでもなく、いつか旅は終わるに違いない。

遠い未来の出来事のようにも思われていたが、その後のことも、そろそろ考えなければならない。

フェリクスはなにをするだろうか。

もう一度、騎士団の総長をやると言うだろうか？　そうなったらトスカラ王は諸手《もろて》を挙げて賛成するに違いない。

それとも、まったく違う仕事でも始めるかもしれない。戦《いくさ》に関わらない、もっと穏やかな道を選ぶ可能性もある。

——そのとき自分は？

シルルカは少し考えてみて、具体的なイメージは湧かなかったが、ただ一つだけ確かなことがあった。

「まだなにも決めていませんが……きっと、あれこれ振り回されることになるんだと思います」

あの人と一緒にいるなら、そんな毎日が続くはず。そしてそんな未来を期待している自分がいた。

シルルカの答えに、アムルは目を細めて頷《うなず》いた。

「それが君の幸せなんだろうね」

「ええ。……すみません、お忙しいのにこんな話に付き合わせてしまって」

「構わないよ。そのために予定を空けておいたからね」

今日くらいは、ゆっくりと故国を楽しむといい。

アムルの勧めに従って、シルルカはヴェルンドル王国での一日を満喫するのだった。

◇

ジェレム王国の片田舎、これといった特徴のない農村を元気に歩く少女がいた。

「ふんふん……らんらん。今日もいい天気！」

鼻歌交じりに笑顔を見せるリタである。

「こんな日はやっぱりお布団を干したいよね、クーコ」

頼りになる相棒は小さな姿で肩の上に乗っかっている。

散歩日和《びより》だから一緒に歩こうよ、とリタに呼び出されたのだが、それほど歩かないうちに飽きて、こうなったのである。

とはいえ、リタの要望を無視して精霊の世界に帰ってしまわないだけ、まだマシな対応といえよう。

クーコはリタの話をほとんど聞かずに、眠たげに欠伸《あくび》をしていた。

が、突然の大声にビクッと起き上がった。

「あ！　見て見て！」

リタが指差す方向には宿がある。

この小さな村で唯一の宿だから、稀《まれ》に大勢の人が来ても大丈夫なように、結構な大きさが確保されている。

もっとも普段は旅行客も少なく、時期によっては閑古鳥《かんこどり》が鳴いていることも珍しくはないのだが。

リタは宿の中に入ると、赤い尻尾を見つけて元気な声を上げた。

「お母さん、ただいま！」

「あら……帰ってくるなら、連絡してくれればよかったのに」

「忘れてた！」

うっかり者のリタである。

母はそんな娘に優しく微笑《ほほえ》む。

「お帰りなさい。ちょっと待っててね。……あんた！　リタが帰ってきたよ！」

「そうかそうか。今は手が離せないから、あとでな」

厨房《ちゅうぼう》のほうから父の声が聞こえてくる。彼も変わりないようだ。

リタは母と一緒に、慣れ親しんだ家の居間に向かう。旅に出るまでは、ずっとこの家で暮らしてきたというのに、今はなんだか懐かしさすら感じる。

幼い頃から使っている木製のテーブル席に着くと、リタはクーコに餌をあげつつ、母と談笑する。

「最近はクーコとも仲良くなっちゃったんだよ」

「よかったね。ところで団長のフェリクスさんは？」

「次の機会に挨拶に来るよ。お父さんとお母さんによろしくって言ってた」

「それは楽しみね。お赤飯炊かなきゃ」

リタに負けず劣らず、気が早い母であった。そしてリタもリタで、素直に照れるばかりである。

やがて母は真剣な表情で尋ねる。

「それで……現状はどうなの？」

「師匠とは仲良しだよ」

「そっちじゃなくて戦《いくさ》のほうよ」

「うーん……」

リタは少し考えてみる。

確かに、呑気《のんき》なリタでもピリピリした空気を感じずにはいられないくらい、戦は差し迫っている。もっと気を引き締めたほうがいいのかもしれない。

が、リタはいつもどおりだった。

「悪いやつは師匠が全部倒しちゃうから、たぶん大丈夫だよ」

「それなら安心ね。フェリクスさんは強いもの」

「うんうん。お母さんは知らないと思うけど、最近の師匠はすごいんだよ。精霊王の力だって使いこなしちゃうんだから！」

「まあ、おとぎ話みたいね」

話を信じているのかいないのか、母は柔らかく笑う。

リタはそんな母にフェリクスの話を続ける。尻尾は楽しげに揺れていた。

「――そのときね、師匠が抱っこしてくれたんだよ。おとぎ話の王子様みたいだよね！」

リタは目を輝かせて語る。

もちろん、登場するのは白馬ではなくラクダであり、抱きかかえられたのもリタが落っこちたせいなのだが。

そこには一切触れないリタである。

母は楽しげに彼女の話を聞いていた。

「そうなのね。ところで、次はいつ戻ってくるの？」

「魔人を倒したらすぐ戻れると思うよ。あ、でもそのあとはまた旅立っちゃうかも」

「そう。気をつけてね。食事は毎日バランスよく取るのよ。寝るときはあったかくしてね。あと、寝る前には歯を磨いて、朝は――」

「もう、お母さん。私は子供じゃないよ」

「そんなことないの。私にとっては、ずっと可愛い子供よ」

ぎゅっと抱きしめられて、リタは「えへへ」と照れるのだ。子供ではないと言いつつも、こんな触れ合いには心が安まる。

やがてリタは母の腕の中で、彼女に視線を向ける。

「あのね、お母さん」

「なあに?」

「……世界を救って戻ってくるね!」

「無理しないでね。リタさえ無事に帰ってきてくれればいいから」

「うん。頑張るね」

そう言いつつ、リタも今は束の間の休息を楽しむ。

宿は暖かな日差しで満ちていた。

◇

ジェレム王国の外れにある街道をフェリクスは歩いていた。

「俺たちだけの旅も久しぶりだな」

フェリクスは肩の上の相棒に視線を向ける。

王都を出てからずっと、ポポルンと一緒に行動していた。この守護精霊はフェリクスとの付き合いが長く、お互いのことは熟知している。

機嫌よさそうに鳴いていたポポルンであるが、やがてぱたぱたと飛び上がった。

そしてフェリクスを急《せ》かすように先を示す。

「この辺りだったか」

ポポルンを見失わないようについていくと、大樹が見えてくる。そこにはポッポ鳥が数十羽止まっていた。

どれも野生の個体である。

ポッポ鳥はそれほど珍しい種類ではないが、こんなに大きな群れは滅多に見ない。地元では「ポッポ鳥が生《な》る木」として有名だそうだ。

フェリクスがポポルンと出会ったのもここである。

「確かこの辺りで小さい戦《いくさ》があったんだったな」

小競り合いのために兵を募集しているのを知り、フェリクスも日銭を稼ごうとやってきて参加したのだ。

今ではなんのために剣を取ったのかも覚えていないほど小さな戦いだった。けれど、その帰りにここに立ち寄ったときのことは鮮明に記憶している。

あのときフェリクスは守護精霊もなく、銀の翼も保持していなかった。多少剣の扱いがうまいだけの少年であったと言ってもいい。

それゆえに大きく目立っていたわけでもなかったのだが……ここでの出会いから運命が変わった。

「何度も何度も会いに通ったよな」

フェリクスは戻ってきたポポルンを撫《な》でる。

一目見たときにピンと来たのだ。それからはポポルンと契約ができるようになるまで、ずっと通い詰めていた。

ほかにもポッポ鳥はたくさんいたから、諦めてほかの個体にアプローチすることもできただろう。

しかし、フェリクスは粘り続けた。

運命的なものを感じていたのかもしれない。

「結局、俺と契約してくれた決め手はなんだったんだ？」

尋ねるも、ポポルンはにこにこしているばかり。

女心はもちろんのこと、ポポルンの気持ちもわからないフェリクスである。

（そういえば……あの感覚は、シルルカとの出会いのときにも感じたような）

もしかすると、ポポルンも精霊王の遺体の力を継いでいるのかもしれない。それなら、普通のポッポ鳥とは比べものにならないほどの力も説明がつく。

その力に導かれてシルルカとの出会いがあった……というのは考えすぎだろうか。

フェリクスが思案していると、ポポルンは突っついてくる。

（過去がなんであれ、俺たちの関係は変わらないか）

フェリクスはポポルンに微笑《ほほえ》みかける。

「これからも頼むぞ、相棒」

「ポッポ」

一人と一羽は大樹を眺める。

ポッポ鳥は何ものにも縛られることなく、自由に羽ばたいていた。

◇

人は西に暮らし、魔人は東に住むと言われている。

大陸を大きく二分するとそういう形になるのだが、一口に魔人の領域と言っても、そこにはさまざまな種族がある。

比較的西側——人の領地との境界付近に領地を持つのが竜魔人だ。それゆえに人と争い合ってきた歴史がある。

さらに東には多くの魔人がいるのだが、人の土地からは遠く交流もないため、実際どうなっているのかはあまり知られていない。

その魔人の領域中央に存在する国家の王城は、急な来訪者によってにわかに騒々しくなっていた。

「このような同盟など結べるものか！」

書簡を机に叩《たた》きつけたのは、王座に座っている大柄な男だ。

口からは牙が剥《む》き出しになっており、頭部には二本の角がある。体は剛毛で覆われており、その下には鋼のような筋肉を誇っていた。

このような肉体を持っているのはこの男だけではない。

剣と槍《やり》を手にした男たちが左右に控えている。誰もが似たような姿形をしており、屈強な肉体を保持していた。

ここは『獣鬼族《じゅうきぞく》』と呼ばれる魔人の土地であった。

彼らはその鋭い牙によってなんでも噛《か》み砕いて食らう悪食《あくじき》の習性を持ち、皮膚は硬く膂《りょ》力《りょく》は強く、圧倒的な武力で国土を広げてきた歴史がある。

それゆえに魔人の中でも覇者《はしゃ》としての扱いを受けてきた。

四方八方を他種族に囲まれている中心地にあって、長年その地位を盤石《ばんじゃく》にしてきたのは、ひとえにその強さゆえだ。

その王者が睨《にら》みつける相手は、人と変わらぬ貧弱な肉体を持ち、これといった有用な能力を持たない魔人――銀霊族である。

不敵に笑う銀霊族に対し、獣鬼族の王は不快感を露《あら》わにする。

「銀霊族のザルツとやら……これまで逃げ隠れしていたから常識がないようだな。魔人の中でも覇者《はしゃ》と呼ばれる我らに対して助力を乞《こ》うには、相応の内容を用意する必要がある。これは決して不利な条件ではない。それに見合うだけの結果が得られるということだ」

王は口の端をぐいっと上げる。よほどの自信があるようだ。

だが、ザルツは不敵な笑みを崩さない。どこか冷ややかな視線を、獣鬼族の男に向け続ける。

「助力、か」

ザルツは発言してから嘲笑《あざわら》って言った。

「そのようなものは期待していない」

「なんだと？」

「旧態依然とした支配体制はもはや長くは続かない。間もなくこの世の仕組みはひっくり返る。そのあとじゃ、そこらの衆愚がどれほどあがこうとも、圧倒的な力の前には跪《ひざまず》くしかなくなる。もちろん、お前らもだ」

「無礼な！」

いきり立った兵たちが剣の柄に手をかける。

王はそれを制することなく軽く片手を上げると、数十の兵たちが室内に一斉に駆け込んできてザルツを取り囲んだ。

「この状況でまだ現実を理解できぬか」

「その言葉、そっくりそのまま返すぜ」

「酔狂な男め。銀霊族には亡骸《なきがら》を送り返すことになるだろう」

「同盟か服従か選ばせてやろうと思ったが……後者がお好みらしいな」

「やれ」

王が合図を出すなり、兵が槍《やり》を繰り出さんとする。

ザルツは余裕の態度を変えることなく、右の袖をまくる。そこに魔人の腕はなく、伸び縮みして蠢《うごめ》く腕が現れた。

腕は一瞬にして枝分かれし、幾本もの腕をさらに伸ばして周囲の兵を握りしめる。王城内は銀の輝きで満たされていく。

「な、なんだこれは……!?」

数十の男たちは皆が皆、身動きが取れなくなっていた。屈強な肉体を持つ彼らといえども、精霊王の力の前では無力だ。

唐突に起きた変化に、誰も現状を把握することができなかった。

なんの力も持たない銀霊族に、覇者たる獣鬼族がこうも赤子のように蹂躙《じゅうりん》されることに、理解も納得もできなかったのだ。

「貴様、なにをした！」

王の叫びを耳にしながらザルツは、満足げに周囲を見回してから荒々しく床を踏み鳴らした。

「さあ！　物わかりが悪いやつらには、わからせてやらないとな！」

バキバキと鎧《よろい》が軋《きし》む音とともに絶叫が上がる。が、それも一瞬のこと。

血しぶきが噴《ふ》き上がったときには、すべての声は途絶えていた。

「なんということだ……」

血に染まった室内で、ただ一人生き残った獣鬼族の王は、同胞を皆殺しにした悪鬼と対《たい》峙《じ》する。

「化け物め」

「そうさ。俺たちは数百年の憎しみが生み出した化け物だ。震え上がれ、そして変わる世界を見るがいい！」

ザルツは大仰な身振りを交えて語る。その右腕は兵の肉塊を掴《つか》んだまま、ビチビチと地面をのたうち回っていた。

ザルツは一歩、二歩と王に近づいていく。

王は後ずさりするも、背後の壁にぶつかって、それ以上は動けなくなった。もはや逃げ場はない。

騒ぎを聞きつけてやってきた兵たちは、惨状を目にしてうめき声を上げるや否や、銀の腕に掴まれて同胞たちと同じ姿になった。なぜ自分が殺されたのかすら、理解する間もなかっただろう。

ザルツは王の一歩手前で立ち止まり、震えるその男に書簡を押しつけた。

「さて、王様よ。契約の続きを進めようか――」

王は命惜しさに、ただ筆を執る。覇王《はおう》としての威厳など、もはや微塵《みじん》もありはしなかった。

こうして獣鬼族はなかば従属の道を辿《たど》ることになる。

ザルツは誇りを失った王に、冷めた視線を向けるばかりだった。

◇

王城での惨劇を聞きつけた各地の獣鬼族の将兵たちは怒り狂い、なぜ自分は王の身を守れる場所にいなかったのかと嘆き悲しんだが、すでに契約が成された今となってはなにもかもが遅い。

いや、いついかなるときであれ、精霊王の力に対応できる者などいなかったから、たとえザルツの来訪を知っていたとしても結果は同じことだったかもしれない。

この悲劇は他種族にもあっという間に伝わった。

獣鬼族も軟弱になったものだと嘲笑《あざわら》う王もいれば、震えて王座から転げ落ちる者もいた。そしてどちらも等しく、同じ運命を辿《たど》ることになる。

銀霊族は地上の掌握に向けて動き始めていた──

◇

休暇を終えて王都に戻ってきたフェリクスは、のんびりする間もなく動き始めることになった。

王都に到着するなり、夕食をともにしたいという申し出があったのである。

その文の差出人はオルヴ公国の騎士セレーナ。何度も背中を預けた経験がある相手とはいえ……。

(あいつから連絡してくるとはな)

ただ仲良く話をしたい、というわけではないだろう。おそらく、そう装わねばならない理由がある。

セレーナはどちらかといえば、自分で解決することを好み、人に頼るのを嫌う性格だった。そしてオルヴ公国の一件もあり、フェリクスとは積極的に接触を試みたい状況ではないはず。

それなのにわざわざ連絡してきたということは、なにかしら重大な案件ということだ。

フェリクスの気持ちも自然と引き締まる。

日が沈んだ町を歩き、やがて待ち合わせ場所である酒場に到着する。中からは騒々しい声が響いていた。

（あいつ、こういうところは苦手じゃなかったか……？）

真面目でお堅い性格だったような、と思い返す。

しかし、迷っていても仕方がない。フェリクスは店内に足を踏み入れる。

酔っ払いたちがビールを呷《あお》り、肉を噛《か》みちぎり、笑い声を上げる。彼らは日頃の鬱憤《うっぷん》を晴らすように、この瞬間を楽しんでいた。

フェリクスは周囲を見回して、しばらくたってからセレーナの姿を見つけた。いつもの鎧《よろい》姿ではなく町の子女らしい格好をしているから、少し時間がかかったのだ。

厚手のブラウスに刺繍《ししゅう》の入ったスカート、上品なエプロンを身に着けており、庶民らしくも清楚《せいそ》なイメージを受ける。以前オルヴ公国の地方で見かけた装いだ。

それゆえに客たちは誰も彼女が騎士とは思っていないだろう。

セレーナの整った顔立ちは目を引いており、一人で席に着いているものだから、酔っ払いたちが絡もうとしていた。

「姉ちゃんよ、ちょっくら相手してくれねえか」

セレーナは男たちを一瞥《いちべつ》するも、すげなく返す。

「貴様らに飲ませる酒などない」

「おお、威勢がいいねえ」

男はちっとも怯《ひる》むようなそぶりは見せない。むしろ、この対応を楽しんでいるようにすら見える。

なおもちょっかいをかけようとして、彼女に手を伸ばそうとするのだが――

その手をフェリクスはさっと掴《つか》んだ。

「そこまでにしておけ」

フェリクスに凄《すご》まれると、気圧《けお》されてすっかり酔いも冷めたらしく、男は尻尾を巻いて逃げ出した。

「あいつも命拾いしたな」

これ以上ちょっかいをかけていたら、セレーナに叩《たた》きのめされていたに違いない。

そう思って彼女を見ると、赤らんだ顔で頬を膨らませていた。

「遅いぞ、フェリクス」

若干、ろれつが回っていない。

彼女のジョッキは空になっていた。

（すっかり酔ってるな）

慣れない場所に一人でいる不安を紛らわせるために、結構飲んでいたのかもしれない。

「すまん、この店に来るのは初めてでさ」

「私だって、わからなかったんだ」

ふて腐れるセレーナである。ジェレム王国の王都には慣れていないから、店選びを間違えたのかもしれない。

「まあいい。貴公が来てくれたんだ」

セレーナは表情を和らげると、フェリクスにしなだれかかってくる。すぐ耳元に顔が近づく。

フェリクスは体を強張《こわば》らせたが、すぐに意図に気がついた。

遮音の魔術が使われているのだ。内密の話をするため、自然に距離を近づける演技なのだろう。

「正教派の連中には気をつけろ」

「……どういうことだ？」

「仔細《しさい》は不明だが、この機会になにかをやろうと企《たくら》んでいる」

「精霊王の力が目的か」

「その可能性が高い。つまり、貴公も狙われる可能性がある」

セレーナは人差し指でフェリクスの顔を突《つつ》いた。艶《なま》めかしくて、どこか悪戯《いたずら》っぽい仕草である。

（本当にこれは演技なのか……？）

だとすれば、案外場慣れしているのではないかと感じるフェリクスである。もちろん、彼にそんな女性経験はないので想像でしかないが。

セレーナはそんな態度とは裏腹に、真面目な話を続ける。

「この戦いは、ただ魔人を倒すためだけのものではない。さまざまな利権が絡んでいる」

「そうだな。だが、俺たちがやることはいつだって敵を倒すことだ」

「貴公がそういう男だということくらいは知ってるさ。なんにせよ、気をつけるといい」

「ああ。忠告感謝する」

「なに、気にするな。私と貴公の仲じゃないか」

セレーナは上機嫌に笑う。

こんな彼女を見るのは初めてだから、フェリクスは対応に困ってしまった。

「そういえば、貴公を呼び出すのはこれが二度目だな」

オルヴ公国でもセレーナに呼び出されている。あのときはザルツら銀霊族に関する情報を伝えてもらった。

当時はセレーナも上層部にいいように使われる身であったが、今は騎士をまとめる立場になったそうだ。

「この半年間で……変わったたな」

「そうでもないさ。初めて会ったときからずっと、私も貴公も、ただ民のために戦っていた。今は少しばかり、その思いに素直になってみただけのこと。……つまり、お前の馬鹿が移ったんだぞ、フェリクス」

セレーナはケラケラと笑う。

フェリクスも彼女の様子に釣られて笑いながら反論する。

「俺のせいじゃないだろ。元々セレーナがそういう性格だっただけで」

「言うじゃないか。まあいい。同類ということだな」

「そういうことだ」

「よしよし、それじゃあ仲良くやろうじゃないか」

セレーナはフェリクスの肩に腕を回しながら酒を注ぐ。

先ほどの酔っ払いたちに飲ませる酒はないが、フェリクスの分はたっぷりあるらしい。

「フェリクスも飲むといい」

これまで頼る相手がいないから気丈に振る舞わねばならなかっただけで、この素直なところが元々の性格だったのかもしれない。

フェリクスも今晩はセレーナに付き合うことにした。

「俺たちの平和な未来に」

「乾杯！」

少し気が早いが、必ずや得なければならない未来なのだ。前祝いするのも悪くはない。そうして夜は更けていく。セレーナは終始楽しそうにしていた。

その翌朝、セレーナはフェリクスのところに駆け込んできて、青ざめた顔で告げる。

「忘れろ。昨日はなにもなかった！」

たまには素直になってもいいのに、と思うフェリクスだが、よほど恥ずかしかったのか、セレーナがとうとう剣に手をかけたので黙って首肯《しゅこう》するばかりだった。

◇

その日、精霊教正教派の本部に集《つど》う者たちがあった。

皆が皆、正教派としての正装に身を包んでいる敬虔《けいけん》な信徒だ。彼らは各国から大司教の求めに応じてやってきた者たちであり、その数は数百人を優に超える。狭い国内には入りきらないほどだ。

「間もなく精霊王様による治世が始まるであろう。我々は時代の目撃者となるのだ」

大司教が告げると、信徒たちは感動のあまり言葉を失う。

待ちに待った悲願が叶《かな》うのだ。どうして平静でいられようか。

大司教が杖《つえ》を掲げると銀の光が輝く。その美しさには、誰もが呆然《ぼうぜん》と見とれるばかり。

「さあ、聖戦は近い。地上に蔓延《まんえん》する悪を打ち倒す時が来るのだ」

フリーベ騎士たちが呼応して天に剣を掲げる。

信徒たちは一斉に祈りを始めた。

一種の熱狂を孕《はら》んだ、異質な空間がそこにはあった。もはや彼らを止めるものはなにもない。

精霊教正教派の司教たちは信徒とともに動きだす。

戦《いくさ》が始まる。

人と魔人、二つの種族の誇りを懸けて――

第十九章　銀翼騎士団長と闇夜の嵐

東から魔人の大軍勢が迫っていた。

彼らは元々遠い東の地域に住んでいた魔人たちであり、人との戦争には関わってこなかった種族が大部分だ。

彼らを一斉に戦争へと駆り立てたのは、この戦で得られる利か、それとも……。

なんにせよ、銀霊族と直接手を組んでいるかどうかにかかわらず、タイミングを合わせてきたのは間違いないだろう。

人の国家はこれらへの対応を迫られて、東寄りの国に戦力を取られることになった。

その舞台となったのはヴェルンドル王国だ。この国は数年前の竜魔人との戦争においても、主戦場となった過去がある。

今回も敗戦となれば、同様に国内が荒れる可能性が高かった。

現在は各国から増援が来ており、判断は各国の将が行うものの、ヴェルンドル王国が音頭を取ることになっていた。

そうなった理由は、この国の特徴もあるのだろう。国境付近に控えている部隊の周辺で見張りをしているのは、人だけではない。

この国では魔人と契約して邪教徒となり、魔物を従えている者も大勢いる。彼らの存在は、他国と異なって当たり前の光景となっていた。

それゆえに指揮を執るには、この国の事情に慣れた者でなければならなかった。

大きな体に五つの目を持つ犬がふんふんと鼻を鳴らしながら歩いていたり、大鷲《おおわし》の魔物が空を飛んでいたり、大猿がキィキィと鳴きながら跳び回っていたりする様子に、他国の兵たちは最初は戸惑っていた。

しかし、数日もたてば慣れてなんとも思わなくなってくる。守護精霊も魔物もさしたる違いがあるわけでもないからだ。空を飛ぶポッポ鳥たちと同様に、魔物たちも受け入れられたのである。

とはいえ、精霊教の敬虔《けいけん》な信徒だけは、現実を受け入れられずにいた。元々、この戦《いくさ》を主導しているのは精霊教正教派だ。それゆえに戦うためにここに来た信徒たちも多い。

魔人を討ち取る聖戦であるはずなのに、魔人の手先と手を組むとは何事かと声高に叫ぶ者もいる。

一方で、まったく気にせずひたすら自分が信じる言葉を繰り返す者もいる。

「我らには精霊王様がついていてくださいます。邪悪なる魔人どもには鉄槌《てっつい》を下されることでしょう」

そう吹聴しながら、部隊の間を行ったり来たりする。

もちろん、兵たちはそんな奇跡を信じているわけではないので、迷惑そうにしている者が大半だ。

なにしろ、信徒たちの多くは佩剣《はいけん》することもなく、ただ精霊王の奇跡を説くためにここに来ている。ずっと戦場に身を置いている者からすれば、戦を舐《な》めているようにしか見えなかった。

「どんな立派なご高説も、刃《やいば》の前には無力だ」

ぼやいたのは銀翼騎士団の騎士、『大斧《おおおの》のヴォーク』である。ジェレム王国から派兵される部隊に、彼も加わったのである。

ヴォークは信徒たちを見ながら、小さく吐き捨てた。

「そこまでして手柄が欲しいものかね」

たとえ剣を握ってすらいなくとも、精霊教の信徒たちが従軍したという事実は残る。そして戦に勝った暁《あかつき》には、精霊王の加護で勝てたのだと喧伝《けんでん》することになるだろう。それがいっそう、ヴォークを苛立《いらだ》たせる。

そんな彼を窘《たしな》めるのは、ホルム国の『冷血将軍ディーナ』である。

「今回の戦いには、精霊教からの資金援助もあるのです。滅多なことを言うものではありませんよ」

彼女はホルム国を代表してここに来ていた。

王族である彼女は宗教に関してもいろいろとしがらみがあり、個人的な感情だけでものを言うわけにもいかないのだろう。

ディーナ姫がこちらに来るのを知ったヴォークはアッシュに頼み込み、この部隊に配属してもらったという経緯もある。彼が迂闊《うかつ》なことを言っては、姫の立場まで悪くなってしまうことになる。

それゆえにヴォークは素直に頭を下げた。

「精霊王の力を否定しているわけではありません。その強さはよく知っていますから」

「ええ。きっと、勝利をもたらしてくれるでしょう」

ディーナ姫はにっこりと微笑《ほほえ》む。

もちろん、二人が言う精霊王の力とは、精霊教が信じているものとは異なって、ある男が持つ力を指している。

その勝利を掴《つか》むためにも、今は自分たちも魔人の侵攻を退けなければ。

二人が話をしていると、斥候《せっこう》部隊が敵と衝突したとの報告がもたらされた。

「ディーナ様。敵魔人の中に銀の光を見た者がおります」

それは精霊王の力を得た魔人がいるということだ。東の魔人の領域にあった精霊王の遺体を手にしたのだろう。

「精霊王の力に驕《おご》ったのでしょうか」

それで積極的に侵攻してきた可能性はある。あれほどの力だ、酔ってしまうのは無理もないことだ。

たとえ元が凡百《ぼんぴゃく》の兵であったとしても、歴戦の猛者《もさ》すら圧倒する強者《つわもの》に変われるのだから。

「あの力の厄介なところは、なにも考えずに使うだけでも天変地異を起こすだけの威力があることです」

「気をつけねばなりませんね」

二人は頷《うなず》き、それから東を見る。

魔物が空を飛び交い、獣が地上を走り回る。

そして遠くからは魔物を従えた魔人たちが少しずつ迫ってきていた。彼らはやけに細くしなやかな肉体を持っており、手には鋭い爪が生えている。

あれらの魔人は、俊敏な動きで人々を翻弄《ほんろう》してきたようだ。

その中に、とりわけ機敏に動く男がいる。

「あれが精霊王の力を秘めたやつか」

「警戒して当たりましょう。こちらにはその力を持った者がおりません」

「姫様は下がっていてください。ここは私が――」

「そんなわけにはいきません。ホルム国の代表として、戦わなければ」

「……わかりました。ですが、決して無理をされませぬよう」

ヴォークはディーナ姫を守るために、大斧《おおおの》を手に取る。

もう彼女を二度と失わないと誓ったのだ。相手が誰だろうとも退けてみせる。ヴォークは勇ましく斧を掲げ、兵たちに突撃の号令を下した。

「さあ、魔人どもが蹴散らされにやってきたぞ！　ぶちかましてやれ！」

兵たちは勇猛な声を上げて走りだした。

そして人と魔人が衝突する。剣が激しく振るわれ、血しぶきが大地を彩る。

ヴォークは戦場で敵を切り倒しながら、先ほど見た魔人を探す。あの強力な相手さえ仕留めてしまえば、危険度は一気に下がるはずだ。

（どこだ。どこにいる？）

意識を集中すると、血の臭いが漂ってきて、絶叫が聞こえてくる。そして隊列が乱れる場所が見えた。

そこにやつはいる――

「見つけたぜ……！」

ヴォークは敵味方の合間を縫って突き進む。幾人もの敵を切り裂いて、混乱のど真ん中へと飛び込んだ。

そこには大暴れしている魔人がいる。その男が握る二振りの細身の剣が翻るたびに絶叫が上がり、首が飛ぶ。

兵たちはひらひらと舞う銀の羽根の残像を追うことしかできなかった。

ヴォークは、愉悦の表情すら浮かべるその魔人に駆け寄って、大斧を振り下ろす。

その刃は男目がけて進んでいき——地面を叩《たた》き割った。魔人は跳躍して距離を取っていた。

「ひひっ！　凶暴な人間もいるもんだな！」

「お前が銀の光を手に入れた魔人だな」

「そうとも。……お前さんは強そうだが、なんの光も感じねえな」

「悪かったな。お前の相手など、この程度の男で十分ってことだ」

精霊王の力は強大とはいえ、その能力にさえ気をつけていれば対応は可能だ。

おそらく、相手が手にしたのは精霊王の羽根だ。比較的各地で見られる部位である。

ただでさえ素早く動ける種族のようであり、それがさらに羽根で強化されているため、非常に厄介な相手ではあるが……。

（むしろ都合がいい）

ヴォークは口の端を上げる。

彼の所属する騎士団には、羽根どころか翼を自由に使いこなす男がいるのだ。この程度で翻弄《ほんろう》されるようでは、彼についていくことなんてできやしない。

ヴォークは大斧《おおおの》を大きく振りかぶり、相手へと突進していく。

「うぉおおお！」

「遅え！　そいつは見切ったぜ！」

敵の魔人はヴォークの斧を躱《かわ》し、懐に入り込んでくる。

鋭い刃が彼の首を狙い――

キィン、と甲高い音が鳴った。

魔人の剣は氷の刃《やいば》に防がれている。そしてヴォークの周囲に生じた氷の刃は、相手へと次々に放たれた。

「鈍くさそうなふりして誘うとは、イヤな野郎だ！」

魔人は右に左に動き回り、攻撃を回避する。

ヴォークはさらに相手との距離を詰め、手にした氷の短剣を繰り出した。

豪快な戦いを好む大柄なヴォークだが、今は暗殺者さながらに急所を狙っていく。相手に合わせて戦う技量も持ち合わせていた。

魔人はヴォークの攻撃をいなしつつ、周囲の兵を切り裂いていたが、やがては大きく飛《と》び退《の》いた。

「ぶっ倒してもなんにも得られないんじゃ、戦っても割に合わねえな。俺は雑魚《ざこ》をいたぶるのは好きだが、戦いは好きじゃないんでね」

その魔人は身を翻して魔物の間をかいくぐると、一気にその場を離脱する。

精霊王の力を得たからといって、誇り高く、あるいは調子に乗って戦おうとする者ばかりではない。

「待て、こいつ……！」

ヴォークは敵を追うが、その姿は敵の集団の中に消えていく。いくら彼でも、敵中を突っ切っていくのは利口とはいえない。

敵の口ぶりからすれば、狙いは精霊王の力だ。それを持つ人物が襲われるかもしれない。

だとすれば、行き先は――

「団長たちに伝えないと」

あの男は銀翼騎士団の障害になるかもしれない。

ヴォークは急いで動き始めた。

◇

時を同じくして、オルヴ公国東の山脈地帯を兵たちが取り囲んでいた。

各国の連合軍によって東西南北はぐるりと包囲されている。そのため、これをかいくぐって行動するのは至難の業だ。

フェリクスはジェレム王国の騎士としてこちらに来ていた。

慌ただしく走り回る兵たちの様子を見つつ、不備がないかどうか確認していく。とはいえ、アッシュが指揮を執っているため、これといった問題は見つからない。

（あいつが総長になったらいいんじゃないか）

フェリクスはそんなことを考えながら、兵たちが浮き足立たないように、自分は泰然と構えるようにした。

これから戦争が始まる。

フェリクスは普段の格好とは異なり、竜魔王討伐の象徴にもなった鎧姿《よろいすがた》である。これに銀の翼が生えた雄姿は、市井《しせい》の者たちの間でも語られている。

兵たちも彼を見て、身が引き締まる思いをしているようだから、フェリクスは各方面に顔を覗《のぞ》かせる程度に動いていた。

やがて団長のために用意された帷幕《いばく》に引っ込むと一人、剣を抜く。

美しい白銀の剣身には傷一つない。この剣は竜魔人との戦いで幾度も振るわれたが、その後、研磨されたのだ。

（ルドウィン元団長……）

元々は夜嵐《よあらし》騎士団の団長であったルドウィンの剣であり、その思いを引き継いで戦ってきたつもりだった。しかし、ルドウィンは銀霊族となり、人類の敵としてフェリクスの前に姿を現した。

であれば、自分はこの剣を振るうのにふさわしくないのではないか……そんな気持ちにもなる。

――もし俺が倒れたら、そのときはお前が変えていけ。この歪《ゆが》んだ仕組みを。

ルドウィンの言葉を反芻《はんすう》する。

まだ彼は倒れてはいないはず。今ならば引き返せるのではないか。

その考えは現実的ではない。数年前からすでに銀霊族の魔人として、人類に敵対してきたのだ。多くの被害をもたらしたことだろう。

フェリクスが許したとしても、きっと彼を恨む者は大勢いる。

(もう戻れない。夜嵐騎士団のあの頃には)

お互いに変わってしまった。ルドウィンの場合は、取り返しがつかないほどに。

けれど、それでも――再び会ったときは真意を問い質《ただ》そうとフェリクスは思うのだ。ルドウィンから思いを託された者として。

顔を上げたときには、迷いはなくなっていた。

戦《いくさ》ではほんの一瞬の判断の遅れが死を招く。たとえ気持ちが定まっていなかったとしても、ひとたび剣を握ったなら躊躇《ちゅうちょ》してはならない。

それが数多《あまた》の戦いを生き延びてきたフェリクスの心構えだった。

ふと、人の気配を感じて入り口に目を向けると、人影が二つある。

「なにか用か？」

そちらに歩いていき、幕を引くとシルルカとリタの姿があった。

「どうかしたのか？」

「えっと……集中していたようなので」

リタは自慢の耳を動かしていたから、中の様子もわかっていたようだ。

「気を使わなくてもいいのに」

「今この戦地では銀翼騎士団の団長ですからね」

「いや、いつも団長なんだが」

思わず突っ込むフェリクスである。

騎士団総長はやめたが、銀翼騎士団の団長はやめた覚えはない。いつもアッシュに仕事を任せているとはいえ。

しかし、今はフェリクスが重大な立場にあるのだと感じて、二人が気を使ってくれたのは事実だ。

「不安なのか？」

「団長さんは必ず勝つって信じています。でも、相手はルドウィン元団長ですから……」

カルディア騎士団最強のフェリクスといえども、あの男相手に楽勝とはいかないだろう。

銀霊族もなにか仕掛けてこようとしている。

それでも決して負けないという覚悟とともに、彼は二人に力強く声をかける。

「大丈夫だ。二人は戦いが始まったら、キララと一緒にいてくれ」

後方でまとまってくれていたなら、なにかあったときも助けやすい。

シルルカとリタは素直に頷《うなず》く。いつもはやんちゃなリタも、今日ばかりは自分も戦うとは言わなかった。

やがて外からは敵の存在を知らせる声が上がる。魔人たちが進軍してきたようだ。

「よし、行ってくる」

フェリクスは二人の頭を撫《な》でつつ別れを告げ、帷幕《いばく》を出る。

遠方に見える敵軍は、魔人の姿は多くないのに大軍勢になっている。その中には大蜘蛛《おおぐも》や四足獣の姿が見られ、まったくまとまりを欠いている。

銀霊族は魔物を率いて挙兵してきたようだ。

「迎え撃つぞ！」

フェリクスの声に応じて兵たちが動きだす。銀翼騎士団の勝利を信じて。

戦場に鋼の煌《きら》めきが満ちていく。

シルルカとリタは彼の後ろ姿を見詰めていた。

◇

人と魔人が干戈《かんか》を交えようというそのとき、銀霊族の都では、王ラージャとルドウィンが宮殿で会っていた。

その一室は壁全体がどす黒く染まっている。すべて血痕だ。部屋中に満ちる銀の光に照らされて、それらはぬらぬらと妙な輝きを見せていた。

部屋の奥にある祭壇には、なにも捧げられていない。そこにあった精霊王の心臓は今、ルドウィンの中にあった。

ラージャはゆっくりと問いかける。

「ルドウィンよ、準備はよいか」

「ああ。ご覧のとおりだ。いつでもいけるぜ」

ルドウィンは自身の胸に手を当て、目をつぶる。

ドクドクと心臓は激しく鼓動していた。かつては止まろうとしていたこの心臓が、今はこれほどまでに力強い。

ラージャを見ることなく、前を向いたままルドウィンは告げる。

「あんたの野望が叶《かな》うのももうすぐだ」

数百年もの間、ラージャは銀霊族が繁栄する日を待ち望んでいた。

銀霊族の始まりは、人が精霊王の力を与えられて変質した存在であるのだが、そのまま現在も存命している者はたった二人しかいない。ほかの銀霊族は、そんな者たちの子孫である。

そしてその存命している銀霊族とは、ラージャとルドウィンの二人である。

かつての実験で、ラージャはたまたま精霊王の影響により長寿となった。

当時はなにも特別な存在ではなかった。同胞たちが死んでゆくのを見届けるうち、最後の一人になってしまっただけなのだ。

それからずっと、彼らとの約束を守り続けている。

そしてルドウィンは、ホルム国の戦いの中でザルツにより精霊王の力を与えられ、生きながらえることとなった。

ザルツとの約束を果たすために、その命は燃え続けている。

「ルドウィンよ。お前だけが私と同じだ。そしてまた、お前だけが我々とは違う」

前者は、二人の生まれのことだ。

そして後者は――

「銀霊族になりきれていない出来損ないってことか」

「そうではない」

「なに、気にするな。今更あんたらを裏切りはしないさ。俺はザルツの未来を見たいから
ここにいる」

「お前の言葉はある意味では正しいだろう。確かに銀霊族にはなりきれていない。それは
そうだ。……しかし、今言ってるのはそういうことではないのだ」

「なにが言いたい？」

謎かけをするつもりはない。

ルドウィンは率直に言うように促し、ラージャもまたはっきりと告げる。

「私の願いもザルツの願いも同じもので、お前の願いだけが違うということだ」

「知ってるさ。あんたらはいつも言う。我らが願いはただ一つ。『銀血』の繁栄だけだ
――ってね」

ルドウィンの願いは銀血の繁栄などではない。だからそれは別の願いだ。

ラージャはルドウィンを見据える。

「その言葉は比喩《ひゆ》ではない。かつて精霊王は人の感情と自分の感情がわからなくなり、人
に情けをかけた。……だが、当然交わったからには、その反対もある」

ラージャもまた、精霊王と自身の区別が曖昧になっていたのだろう。

「……あんたは銀霊族の王か？　それとも精霊王か？」

ルドウィンの鋭い視線を受けてなお、ラージャは顔色一つ変えない。その顔は疲れ切った老人のようにも見える。

「その問いはもはや意味をなさない。彼我《ひが》の境界はすでに取り払われた。ゆえに銀血の繁栄とは精霊王の繁栄であり、銀霊族の繁栄でもある。私もザルツもそういう意味ではなんら変わらない。自身に流れる銀血に駆られている」

ルドウィンだけが銀血を与えられてから間《ま》がないため、まだ精霊王の思想の影響を強く受けてはいない。

そうわかっていて、ルドウィンはラージャの言葉を否定した。

「違うな。ザルツはあんたとは違うさ。銀血の影響はあるかもしれねえが、誇りがあった。野心があった。あいつ自身のな」

「……そうか」

「なぜわざわざ、俺にそんな話をした？」

「わからんな。お前に情でも湧いたか、それともただ懐かしくなったのかもしれぬ」

ラージャは一瞬だけ表情を和らげた。

だからだろうか、ルドウィンも感傷的な質問をした。

「あんたは精霊王を宿したとしても……死ぬことになる。その責任を一人で果たす必要はないんじゃねえか？」

「この私が死んだとしても、精霊王として存在すれば、それは同じことだ。もはや区別など不要。……まさか、自ら死を選んだお前に心配されるとはな」

「お互い、どこかいかれちまったのかもしれないな」

「それに私には共犯者もいる。お前のような連中だ」

「そりゃ買いかぶりすぎさ。俺は信念があるわけでもなく、ただの気まぐれだからな」

ルドウィンはわざとらしく肩をすくめる。

ラージャはもうなにも言わなかった。

二人の会話が終わると、ルドウィンは心臓の高鳴りに身を任せる。張り裂けそうなほどの衝動が込み上げてきていた。

「もうすぐだ。世界が変わる瞬間、そして俺が終わるときが来る」

ルドウィンはじっと祭壇を見つめる。

銀の光は二人を取り巻きながら、絶え間なく循環していた。

◇

フェリクスが見据える先には数多《あまた》の魔物がいた。

それらは銀霊族の命令に従って一斉に突撃してくる。

迎え撃つのは、カルディア騎士団を中心としたジェレム王国軍と、周辺諸国の連合軍だ。団員に指示を出すのは本来フェリクスの役割であるが、今回は全軍への指揮をアッシュに任せていた。

フェリクスの性格とやり方をよく知る騎士団員はともかく、他国の兵にいつものフェリクスのやり方では問題が生じる。

そのためフェリクスが遺憾《いかん》なく実力を発揮できるように、アッシュは前線に出ずに後方での指揮を一手に引き受けたのだ。フェリクスならば必ずや敵を倒すだろうと信じて。

（あいつが後ろにいてくれるなら、俺は心置きなく戦える！）

アッシュが彼を信じるように、フェリクスも背後で支えてくれる者たちを信頼して自分の役割に集中する。

彼らの期待に応え、必ずや勝利を持ち帰ろう。

フェリクスは剣を抜いて勇ましく叫ぶ。

「俺に後れを取るな！　魔物を一掃する！」

誰よりも早く駆けだすと、魔物目がけて飛び込んでいく。

内に秘めた精霊王の力が彼を駆り立てる。

（そこにいるんだろう!?）

魔物の集団の中に、強い力の存在が感じられる。間違いなく、精霊王の力を持つ者が潜んでいるはずだ。

「出てこい！　俺が相手だ！」

フェリクスは剣を振るい、虚空《こくう》を切り裂いた。

白銀の刃が描いた軌跡に沿って、光が迸《ほとばし》る。直進を続けていた魔物は真っ二つになって臓腑《ぞうふ》をぶちまけた。

直後、血の中から飛び出す者がある。

「早々にこんな化け物と当たるなんて、ついてないな！」

現れたのは魔人ザルツだ。

全身を外套《がいとう》で包んでおり、わずかに露出した腕には手甲《てっこう》を着けているのが見える。外套に隠れて詳細はわからないが、どうやら今回は防具を纏《まと》っているようだ。また、なんらかの武器を隠し持っている可能性もある。

ザルツは左手で魔物の死骸を掴《つか》むと、フェリクス目がけて投げつけてくる。

「こいつを食らえ！」

「そんな小手先の技が効くか！」

フェリクスが剣を振るうと風が吹き、魔物の死骸を吹き飛ばしていく。残ったのはザルツだけだ。

「どうせ決着をつけることになるんだ。観念しろ」

フェリクスが距離を詰めると、ザルッもまた正面から切りかかってきた。

両者の刃と思いが交錯して激しく響き合う。二人は頭をぶつけ合うほどに近づき、その力を誇示していた。

ザルッはフェリクスに吠《ほ》える。

「おとなしく死んでくれねえか！」

「お前たちにくれてやるほど、この命は安くない！」

フェリクスもまた、負けじと声を張り上げる。

魔人を打ち倒して平和を取り戻すまで、決して死ぬわけにはいかない。待っている者たちがいるのだから！

フェリクスはザルッの剣を押し飛ばして切り返す。しかし、相手がさっと距離を取ったため剣は空《くう》を切った。

(厄介なやつだ)

前に戦ったときよりも力は増している。おそらく、精霊王の遺体の力を手に入れてきたのだろう。

すぐには勝負を決められない。

フェリクスがじりじりと間合いを計っている間にも、連合軍の兵たちが魔物と接触する。あちこちでわああと声が上がり始めた。

　ザルツはそちらを一瞥《いちべつ》することもなく、じっとフェリクスから目を離さずに告げる。

「お仲間の援護に行かなくていいのか？　このままだと大事な仲間が食われちまうぞ」

「そんな揺さぶりは俺に効かないぞ。俺は俺の役割を果たすだけだ。――お前を斬るという役割を」

「おお、そいつは勇ましいな」

　おどけるザルツだが、決して余裕があるわけではないだろう。フェリクスを前にして、最大限の警戒をしているのが見て取れる。

　銀霊族はなにかを企《たくら》んでいるようだから、出方を窺《うかが》うより一気に勝負を決めてしまったほうがいい。

「出し惜しみはなしだ。いくぞ！」

　フェリクスは銀の翼をはためかせながら、ザルツへと切りかかる。

　一瞬にして距離を詰めると、剣の一撃を叩《たた》き込む。無論、ザルツもやられまいと剣を構えており、すぐさま対応してくる。

　キィン、と激しい金属音が鳴り響いた。

　力ずくではあるが、フェリクスは銀の翼の力を最大限に生かして剣で押し込み、ザルツに競り勝って姿勢を崩させていた。フェリクスはその一瞬を見逃さず果敢に攻め立てる。

「うぉおおおお！」

やがてザルツを押し倒し、狙いを定める。

確実に一撃で仕留めるべく、フェリクスは精霊王の力を用いて、剣に銀の光を纏《まと》わせた。

「ここだ！」

フェリクスが刃を振りかぶった瞬間、

「はあっ！」

ザルツは苦し紛れに、フェリクスの顔面目がけて右腕を突き出した。

放たれたのは装着していた手甲《てっこう》だ。バラバラになって広がり、彼の視界を塞いでしまう。

咄嗟《とっさ》に体を捻《ひね》って回避した瞬間、その下に隠れていた右腕がぐにゃりと曲がりながら伸びてきて、フェリクスの首に絡みつく。

「くっ……！」

フェリクスはすばやく剣を振るう。

刃は狙いを過《あやま》たず伸びてきた腕を断ち切り、青い血を撒《ま》き散らせた。銀の光の前では、あまりに無防備だった。

だが、その腕はザルツの体から切り離されてなお、フェリクスの首を締め上げる力を弱めることはなかった。

「どうだ！　そいつは馬をも軽々絞め殺すぞ！」

ザルツはパッと距離を取る。この有利な状況で追撃するよりも、呼吸を整えることを優先したのだろう。

しかし、苦しんでいるはずのフェリクスの姿はそこにない。いつの間にかザルツのすぐ目の前でフェリクスが歯を食いしばり、剣を振り上げていた。

「ぐぅおおおお！」

必死の形相で放った一撃は、ザルツが咄嗟《とっさ》に出した右腕を断ち切り、胴体に至る。骨まで深く抉《えぐ》り取り、どっと血を噴き出させた。

「くっ……！」

胴体までは、あのぐにゃぐにゃした腕に変わってはいないようだ。ザルツは痛みに顔を歪《ゆが》める。

「なぜ動ける！」

ザルツの筋書きでは、フェリクスは苦しさにもがいているはずだったのに。

フェリクスはそんなそぶりなど見せず、首に巻きついたザルツの腕を片手で引きちぎり、ゆっくりと息を吐いた。

「この程度で俺が絞め殺されるものか」

首には跡が残っているが、決して骨は折れていない。戦闘にはなんら支障をきたさないだろう。

ザルツは驚愕《きょうがく》に目を見開いた。

「なぜ耐えられる……！」

「こんなときのために、首も鍛えているからだ」

「ふざけるな！　……この化け物め」

ザルツはじりじりと後退しつつ、睨《にら》みつけてくる。

フェリクスはとどめを刺そうと一歩踏み込むも、ザルツが腕を振るった直後、付近にいた魔物が一斉に襲いかかってくる。

「てめえの相手はこいつらがしてくれるぜ！」

「邪魔だ。道を空けろ！」

フェリクスの刃が煌《きら》めくと、魔物どもの首は一瞬にして断ち切られて命を落とす。この程度では奇襲にもならない。

とはいえ、ザルツはその隙に乗じて一目散に逃げ出す。フェリクスを振り返って一瞥《いちべつ》するなり、魔物に向けて声を張り上げた。

「ヤツを足止めしろ！」

その命令に従って魔物が迫ってくる。その背にはうっすらと銀の翼が生えていた。精霊王の魔物を従える力を使ったのか。

（それでも、この程度だ！）

意思なく操られるだけの魔物に後れを取ることはない。フェリクスは難なく切り倒し、ザルツを追っていく。

このまま仕留めてしまえば――

そう思ったフェリクスだが、足を止めた。

あちこちで味方の兵たちが勝利の雄叫《おたけ》びを上げている。銀霊族の部隊はいつしか、全軍が引き上げているのだ。

（おかしい。誘っているのか？）

ザルツを打ち倒したとしても、局所的な勝利でしかないはずだ。

大局には影響しないだろうし、すべての場所で連合軍が勝利できるとは思えない。そんなに簡単に敗けるのであれば、銀霊族は戦《いくさ》を仕掛けてこなかっただろう。

「無理に追わなくていい。ここは俺たちの勝利だ」

フェリクスが告げると、カルディア騎士団はそれ以上の追撃をやめる。

だが、もはや止まらない部隊もあった。

「さあ、忌《い》むべき魔人を打ち払いましょう！　時が来たのです！」

はるか遠く離れたところで、魔人を追う者がある。それは精霊教正教派の大司教であった。

この戦いを主導していることもあり、ここで戦果を上げたいのだろうか。

彼の周囲にはフリーベ騎士団の兵たちもいるが、それほど数が多いわけではない。正教派の部隊の大半は、武器も持たぬ信徒たちであった。

彼らが祈りを捧げだすと、天に向かって銀の光が上り始める。

「あれはまさか……！」

体の中を突き抜けていくような、この衝動的な感覚には覚えがある。

オルヴ公国で見たのと同じ——

「さあ、精霊王様が降臨されます！」

大司教が天を仰ぎ見る。

直後、まばゆい銀の光が空を覆った。

「なにが……」

地上の者たちは、呆然《ぼうぜん》とその光景を眺めていた。

フェリクスは目を細めて、そこにあるものを認める。

銀に輝く巨大な二本の柱だ。いや、そうではない。視線を上に向ければ胴体があった。

柱に見えたのは足だったのだ。

「……精霊王の下半身か？」

オルヴ公国のときと同じことをやろうとしているのであれば、精霊王を降臨させたに違いない。あのときはオルヴ公を依《よ》り代《しろ》としていたが、たった一人の身には耐えられぬと判断してか、大勢の信徒たちに降ろしたようだ。

そもそも魔人を生み出したのは精霊教であり、精霊王を人の身に宿す技法が伝わっていたとしてもなんら不思議ではない。

(だが、あれは不完全だ)

おそらく、大司教が持っている精霊王の遺体は下半身が中心だったのだろう。

よく見れば胴体は貧弱で、頭は小さく目だけがぎょろりとやけに大きい。右腕が完全に欠損しているのは、ザルツが持っているからだ。

そして背には小さな羽根がポツポツとあるばかり。抜け落ちたものを保持しているだけで、翼自体はフェリクスが持っているためだ。

だが、そうであっても本物の精霊王が降臨したことに変わりはない。

その光は見る者を引きつける不思議な魅力があった。

「おお、精霊王様……!」

感激して泣きだす信徒のみならず、これまで宗教などに微塵《みじん》も興味を示さなかった連中も、自然と両手を合わせて祈っていた。

(大司教がセレーナを呼び寄せた理由はこれか)

少しでも精霊王の遺体を集めたかったのだ。

彼女が大司教のところに行っていたなら、あの信徒たちと同様に、精霊王を降臨させる依り代とさせられていただろう。

（えげつないことを）

戦《いくさ》に勝利するためとはいえ、戦えない者たちを駆り出すとは。

いや、信徒たちにとってはこれが本懐なのかもしれない。この瞬間のためなら、なにもかもなげうつことができるのだろう。

精霊王は東へと向かっていく。

魔人らが逃げ込んだ山のところに近づくと、銀の光が地上を照らす。瞬間、すべてが露《あら》わになった。

隠れていた魔物は姿を現し、魔人の姿が、はっきりと浮かび上がる。そして遠く離れたところには、銀霊族の都があった。

かの国を世間から隔絶させていた幻影は今、精霊王の力により消し去られていた。

「さあ、悪を！　闇を！　浄化しましょう！」

大司教が声を張り上げる。精霊王が足を伸ばすと、そこに潜んでいた魔物がことごとく葬られていく。もはや抗《あらが》うすべなどありはしない。

（銀霊族はどうする!?）

フェリクスは銀の翼を用いて飛び上がり、上空からその様子を眺める。

魔物どもは一方的に嬲《なぶ》られているが、本当にそれだけか？

魔人は逃げ惑い、都へと逃げ込む。精霊王は蟻《あり》でも踏み潰すかのように敵を消し飛ばしながら進んでいく。

そしていよいよ都に差しかかろうとしたとき――

フェリクスは都のすぐ傍《そば》で佇《たたず》むザルツの姿を見つけた。その表情はやけにはっきりと見えた。

（まさか……！）

精霊王の足が都を踏み潰そうとした瞬間、銀の鎖が生じた。それは精霊王の足に絡みつき、自由を奪っていく。

「誘っていたのか！」

精霊王をこの場所まで誘《おび》き寄せるために、あえて敗戦を演じたのだ。

都からはさらに銀の光が迸《ほとばし》り、銀の頭部と右腕が現れる。それは大司教が降臨させた精霊王の下半身に纏《まと》わりつくと、一体化し始めた。

精霊王を奪い取ること。それが銀霊族の目的だった。

「くそ、気づくべきだった」

大司教が精霊王を降臨させるように、銀霊族が唆《そそのか》した可能性もある。オルヴ公にしたのと同じように、今回も裏で工作していたとしてもおかしくはない。

「銀霊族の魔手から逃れることは……」

精霊王が脱出する可能性に懸けたフェリクスであるが、もはやほとんど動こうとはしていない。銀霊族の支配下に置かれたか。

銀霊族のほうが、魔導の技術は上であるようだ。

オルヴ公が精霊王を降臨させたとき、彼らに制御の方法を教えたのは銀霊族だ。あのときは嘘《うそ》の方法を伝えていたため失敗に終わったが、本当のやり方であれば精霊王の力は制御されるのだろう。

精霊教は代々伝わってきた情報を元に今回の降臨を行っているが、銀霊族には数百年生きながらえてきたラージャがいる。当時の技術を完全に理解していても不思議ではない。

「なんということだ……」

誰もが現状を理解することができずに呆然《ぼうぜん》とするばかり。

大司教や信徒たちは立ち尽くしていた。こんな未来など、まったく予想してはいなかったのだろう。

だが、希望を捨てていない者もいた。

「団長さん！」

地上を見れば、ケモモンに乗ったアッシュとキララ、シルルカとリタがいた。

すぐさまそちらに向かうと、彼らは精霊王を見たまま話を始める。

「見てのとおり、大司教が降臨させた精霊王が銀霊族に捕らわれた」

「そうね。あれが銀霊族の意のままになったら、もうおしまいよ。けれど、打つ手がないわけじゃないわ」

キララは精霊たちの声を聞き、現状を把握していたようだ。

精霊王に関しても、精霊使いとしての見解を教えてくれる。

「あの精霊王が同化する速度は非常にゆっくりよ。今すぐ呑《の》み込まれるわけじゃないわ」

「ですが、それも時間の問題ではありません。大司教が奪い返すことも難しいでしょう」

「けど、手はあるんだろ？」

フェリクスの問いに、アッシュは頷《うなず》く。

彼はいつだって、取るべき手段を提示してくれる。頼りになる銀翼騎士団随一の参謀なのだ。

「いかに銀霊族といえども、精霊王の力を簡単に御することはできません。あれは精霊王の心臓の力を利用しているからできることのようです」

「つまり心臓を止めればいいということか」

「ええ。そして心臓の持ち主は――」

アッシュはリタを一瞥《いちべつ》する。

「『やれ！　ルドウィン！』ってザルツが叫んでました！」

「お手柄だ！」

あれほど遠くにいたザルツの声をしっかりと捉えていたようだ。リタの音の魔術に関しては目を見張るものがある。

褒められたリタは「えへへ」と嬉《うれ》しそうだ。

ルドウィンが心臓の力を使っているのは未確定ではあるが、彼が今回の一件に関わっているのは間違いない。

「俺が銀霊族の都に侵入し、ルドウィンを斬る。それでいいんだな？」

「もちろん、無理強いはしません。敵中に忍び込むのは非常に危険ですし、このまま人類が敗北したとしても誰も責めはしないでしょう」

「それでも可能性があるなら諦められない。そうだろ？」

「ええ。それこそが銀翼騎士団の団長です」

アッシュはいつもどおり、彼の背を押してくれる。

そしてシルルカはフェリクスの顔や体を杖《つえ》で撫《な》でた。

「幻影の魔導を使いました。これで敵から姿はほとんど見えなくなったはずです。仮に目撃されても、服も銀霊族に見えるようにしました」

「そりゃ助かる。……追加で一つ頼んでもいいか？」

「なんでしょうか？」

「ルドウィンには、俺の素顔が見えるようにしてほしい」

「暗殺が難しくなりますが、いいんですか？」

「そんなことしないっての。どうせ、見破られるだろうからな。それなら、最初から小細工はしないほうがいい」

「わかりました」

フェリクスが決めたならば、もうなにも言うまい。シルルカは彼の指示どおりにする。

フェリクスが動きだそうとすると、アッシュが告げる。

「団員をつけることもできますが――」

「俺一人で行くさ。目立っても仕方ないだろ？」

「本当は団員を危険に晒《さら》したくないからでしょう？」

「まあな。俺はともかく、ほかの連中は敵地の真ん中で正体がバレたら離脱できないだろ。だから、やっぱり俺一人でいい」

精霊王の力を持っている以上、彼の居場所は向こうからもわかるはずだ。こっそり行って、気づかれずに戻るのは難しいだろう。

「必ず帰ってきてください」

「待ってますからね！」

シルルカとリタがぎゅっと抱きついてくる。

「ああ、必ず戻る。そしたらまた、陛下の金でうまいものでも食いに行こう。きっと、たっぷり報酬もくれるはずだからさ」

「はい！」

「よし。じゃあ行ってくる」

フェリクスはポポルンを呼び出して、シルルカたちを守るように伝える。

「こっちは任せたぞ」

ポポルンは彼の求めに、力強く羽ばたいて応えた。

アッシュに部隊を託してフェリクスは駆けだす。

山の中を風のようにすいすいと、とどまることなく疾駆していく。力は体の奥底からとめどなく湧き上がってくる。

やがて都が見えてきた。

（あれが銀霊族の……）

これまで外敵に襲われることがなかったのか、外壁に目立った傷は見当たらない。しかも敵を遮るにはあまりに低く、簡単に乗り越えられるものだ。

平和な都市だったのかもしれない。

それを自分がぶち壊しに行くのだ。思うところがないわけではないが、やらなければならないことだった。戦争を仕掛けられたのであれば、平和を守るためにも、相手の野望を打ち砕く必要があるのだから。

魔物や魔人が気づかないうちに横を通り過ぎて外壁に達すると、軽々と跳躍して壁の中へと入り込む。

銀霊族の都は木造の質素な建築物が並んでいるが、中央には赤々とした宮殿が見える。銀による装飾がなされており、やけに煌《きら》びやかだ。

そこからは精霊王の力が感じられる。

（……そこにいるのか、ルドウィン）

フェリクスは住民に紛れて目立たないようにしつつ、そちらに向かっていく。

多くの人々は青白い肌と白い髪を持っている。この都に住まう者の大多数を占める銀霊族たちだ。

それ以外にも少数ではあるが、角や翼がある者もいる。他種族の魔人を受け入れつつあると聞いていたとおりだ。

いずれにせよ、彼らの多くは民間人であり、兵士ではない。戦えそうもない女子供や老人もいる。

誰一人、侵入者がいるなどと考えてもいないようで、人間であるフェリクスが歩いていることには気づいていなかった。

「この戦争、どうなるんだろう？」

住民の不安そうな声がフェリクスの耳にも入ってくる。

民という存在はこれまで守るべきものだった。しかし今は敵として欺《あざむ》くべき対象になっている。

そのことが、フェリクスをひどくいたたまれなくしていた。

「ラージャ様の作戦は成功したそうよ」

「それがあの化け物か？」

「しっ！　精霊王よ。滅多なことは言わないで」

「もし、勝てたとして……俺たちの生活はどうなるんだ？　人も魔人も敵に回して……世界中が敵になっちまったんだろ？」

「大丈夫、きっとなんとかしてくれるわ」

彼らは望んで戦争を起こしたわけではないのだろう。ラージャがいたからこそ、彼の運命に引きずられた。

（ルドウィン……。お前が変えたかった未来はこれなのか）

フェリクスは内心で彼に問う。

その怒りはどんどん膨れ上がってくる。この都が平和であればあるほどに。

やがて宮殿に辿《たど》り着いたときには、感情は爆発しそうになっていたが、頭はすっきりとしていた。やることは明白だった。

フェリクスは宮殿に忍び込み、精霊王の力に導かれていく。見張りはいるものの、ここの人々は文官が多いらしく隙だらけであった。

人目をかいくぐりながら進み続けると、身の丈《たけ》の倍はあろう巨大な扉が見えてきた。全体は赤く塗られており、銀を用いた装飾が施されている。羽根を散らしたような模様が多く、その中心には巨大な翼が描かれていた。

ここがルドウィンの居場所だ。

（さあ、到着したぞ）

フェリクスは自身に今一度、覚悟を問う。そして顔を上げると、目にも留まらぬ速さで動きだした。

扉を守る兵が侵入者に気づくと同時に、剣を叩《たた》き込まれて昏倒《こんとう》した。

フェリクスが扉を開けて正面から侵入すると、銀の光が循環する部屋の中央に、白髪の男が一人で佇《たたず》んでいた。

「待ってたぜ。お前は必ず来るはずだってな」

ルドウィンは銀の装飾をあしらった赤の衣を纏《まと》っていた。銀霊族の礼装だ。彼が魔人としての生き方を選んだ証左であるのかもしれない。

「ルドウィン元団長。あんたに聞きたいことがある」

「いいぜ。逃げも隠れもしないと言ったのは俺だ」

「なぜあんたが魔人に協力する」

「深い理由はないさ。ただ――」

ルドウィンは暗い笑みを浮かべた。

「決断を迫られたとき、人間に味方する理由などないと思うのに十分すぎるほどの記憶が過《よぎ》ったただけのことだ」

「……それは、夜嵐騎士団の連中を含めての話か」

傭兵《ようへい》など、情に流されない生き方をしてきた者が多い騎士団ではあったが、ともに戦った仲間だったはずだ。

それをただの駒としか考えていなかったというのか。

ルドウィンは眉根を寄せる。なにか思うところがあるのだろう。

「アイシー地方の戦いで、俺は死ぬ運命にあった」

彼は「竜骨将軍《りゅうこつしょうぐん》」との戦いで深手を負い、瀕死《ひんし》の状態となった。フェリクスもあのときのことは、今でもはっきりと思い出せる。

大精霊の城を探していたザルツらとルドウィンが出会ったのはそのときだという。

「あいつは俺に二つの道を示した。一つはそのまま死ぬこと。そしてもう一つは――魔人として生まれ変わることだ」

魔人は、人が精霊の力を宿すことで生まれていた。その秘術が今も引き継がれていたのだろう。

「あいつが言うには、銀血の一派にも精霊王の心臓を動かす適性があるやつがいたそうだ。しかし、そいつは拒んだらしい。心臓の力に耐えきれずに死ぬ可能性があったから、怖《お》じ気《け》づいたんだと」

「その提案は……あんたを騙《だま》していたわけじゃないのか」

魔人にならずとも、生かすこともできたのではないか。利用するために嘘《うそ》をついた可能性はある。

が、ルドウィンは気にするそぶりも見せない。

「さあな。そもそも銀霊族からすりゃ、ただの人間を助ける理由はない。それに事実なんてどうでもいいさ。俺は今、自分の意思でここに存在しているのだから。俺の真実はそれだけだ」

ルドウィンは言い切ると、強い目をフェリクスに向ける。

「質問はそれだけか？」

もはや問答ではなにも変わらないという意志表示でもあるのだろう。だからフェリクスもそれ以上は追及せずに、騎士として尋ねる。

「精霊王を止める方法は？」

「おいおい、敵に聞くのかよ。相変わらず甘いやつだ」

「魔人ルドウィンではなく、夜嵐騎士団元団長ルドウィンに聞いているんだ」

今や同じことではある。

けれど、ルドウィンは一瞬だけ表情を変えた。彼の中で昔の記憶はまだ生きているのかもしれない。

「俺を殺して心臓の力を奪えばいい。お前なら問題なく使いこなせるだろう。完全ではないが、同化が完了していない今のうちなら止められるはずだ」

「敵に答えるあんたも十分に甘いな」

「そうかもしれないな。……さあ、始めようぜ。世界の正義を決める戦いを！」

ルドウィンは声を荒らげ、抜剣する。

フェリクスもまた、剣に手をかけ――ルドウィンへと放り投げた。

剣は弧を描きながら宙を舞い、ルドウィンの足元に落ちた。

「なんの真似だ」

「こいつはあんたの剣だ」

夜嵐騎士団元団長としてルドウィンは答えをくれた。だから、この剣を使う資格はあるはずだ。

「……本当に、お前は馬鹿正直なやつだ」

ルドウィンは剣を拾い上げると、フェリクスに投げ返してくる。

「そいつは俺の剣じゃない。夜嵐騎士団のものだ。それを引き継いだお前にこそ使う権利がある」

「あんたこそ、馬鹿正直だろ」

「そうかもしれない。それに、俺には銀霊族の剣があるからな」

ルドウィンは自分の剣の切っ先をフェリクスに向けてきた。剣に刻まれた模様は、銀霊族の都でよく見るものだ。

「もう戻れないんだな」

「ああ。退く道は残されちゃいない。お互いにな」

「だったら、俺は銀翼騎士団の団長として、あんたを打ち倒して前に進む」

「やってみろよ。銀霊族に与《くみ》した元人間として、迎え撃ってやる」

ルドウィンは朗らかに言ってのけた。もう人間ではないのだと。

「さあ、行くぞ！」

ルドウィンは銀霊族の剣を振るい、漆黒の嵐を解き放った。

以前は魔人の闇を切り裂く英雄であったが、今は魔人として人々に闇をもたらす存在となったのだ。

対するフェリクスは白銀の剣で迎え撃つ。かつて漆黒を切り裂いた夜嵐の剣で！

両者は衝突し、激しい衝撃が宮殿を揺らす。

「なにが起きている!?」

突然の振動に宮殿は大騒ぎになり、銀霊族の者たちが逃げ惑う。次第に壁や天井は吹き飛んで、二人の戦いが明らかになった。

「あそこだ！　侵入者か!?」

警備の兵が駆け寄ってきて、遠巻きに眺める。二人の戦いはあまりに激しく、凡百《ぼんぴゃく》の兵では割り込むことすらできない。それでも弓兵なども集まり、包囲されつつあった。

ルドウィンは彼らを一瞥《いちべつ》するなり、漆黒の嵐で周囲を取り囲んだ。

「無粋な邪魔はさせない。今は俺とお前だけだ」

ルドウィンとフェリクスは互いに睨《にら》み合う。かつて上司と部下だった男たちは、銀霊族と人の存亡を懸けて切り合いを始めた。

互いの思いを激しくぶつけながら剣が翻る。

銀霊族の都に、漆黒と銀の嵐が吹き荒れた。

第二十章　最強騎士団長と王の嘆き

精霊王が銀の鎖に捕らわれてからしばらく、人々はその光景から目が離せなかった。

上半身と下半身が組み合っている様は、腰を曲げて祈っているようにも見える。微動だにしないそれを、兵たちも動かずにじっと見つめている。

果たして自分たちの未来が、地上の命運がどうなるのか。

固唾《かたず》を呑《の》んで見守っていた兵たちであったが、最初に動いたのは、別のところだった。

響くは咆哮《ほうこう》、震えるは足音。

突如として山中から魔物が現れた。

「あれは……」

オルヴ公国で守りについていたセレーナは、その光景を見て震えずにはいられなかった。

いったい、どこにあれほどの数を配置していたのか。おそらく銀霊族が住まう都を隠していたように、幻影によって潜ませていたのだろう。

都が姿を現したのも、大司教の精霊王の力が効いたというより、自らを囮《おとり》とするために幻影を解いたということなのかもしれない。

「迎え撃つぞ！」

セレーナは声を張り上げる。

この状況に平静ではいられなかったが、彼女には騎士として兵を率いる義務がある。勇敢であらねばならなかった。

兵たちはすぐに呼応して迎撃の態勢を取るが……。

異変はそれだけにとどまらなかった。

「大変です！　東から魔人の軍勢が迫っています！」

「くっ……銀霊族と手を組んでいたか」

銀霊族とは異なる種族の魔人だ。これまで傍観していながら、人類が劣勢になったところを狙ってきたのだとすれば、相当に狡猾《こうかつ》だ。

状況は最悪だというのに、さらに別の報告まで舞い込んできた。

「魔物の増援があります！」

「まだあるのか！　どこだ!?」

「それが……後方からです！」

振り返ると、あちこちで魔物が空に飛び立つ姿が見えた。地上においても銀霊族の都へと向かってくる魔物の姿がある。

セレーナは自身の胸に手を当てる。ドクドクと心臓が鼓動しており、体の中にある精霊王の力が暴れだそうとしていた。

（地上の魔物すべてを支配しようというのか）

魔物を支配する精霊王の能力が、世界各地の魔物にも及び始めている。この力が完全に影響すれば、地上のありとあらゆる魔物が銀霊族に味方してしまう。

そうなる前に、あの精霊王を打ち倒さなければならない。

（不可能だ）

現実的な考えがすっと頭をよぎった。

ただの人間が、少しばかり精霊王の力を得ただけの人が、精霊王そのものに打ち勝つことなどできるはずがない。

絶望はすぐに体に馴染《なじ》んでしまう。諦めることは簡単だった。

けれど、セレーナは歯を食いしばる。

「まだだ。まだ終わってはいない」

民がそこにいる限り、騎士の心は折れない。守るべきものがある限り戦い抜くという矜《きょう》持《じ》がある。

セレーナは剣を掲げて高らかに宣言する。

「この事態に領地を得ようとするこそ泥風情《ふぜい》を蹴散らしてくれよう！　私に続け！」

勇ましい姿に呼応する声はいくつもある。

誰もが勝てるなどとは思っていないだろう。しかしそれでも、希望を捨ててはいなかった。

彼女は兵を率いて魔物の群れに突っ込んでいく。なかば無策であった。

だが、この程度の相手なら――

「いくらでも倒してくれる！」

血がしぶき、肉が飛び散る。

セレーナはひたすらに斬って斬って斬りまくり、なおも止まらない。どこまでもいけそうな高揚感すら覚え始めた。

だが、心臓の脈動の高まりに気づくと、いったん足を止めた。

――精霊王の力を得た魔人がいる。

見据える先には、鋭い牙と二本の角が特徴的な獣鬼族の男がいた。かなりの巨躯《きょく》で、セレーナの倍以上の大きさがある。

手には巨大な棍棒《こんぼう》を握りしめていた。

「ずいぶん小せえ大将のお出ましじゃねえか」

「貴様がこの魔物を率いているのか」

「いいや、俺じゃねえな。そりゃ銀霊族の連中よ。俺はただの雇われもんにすぎねえ」

「下っ端《したっぱ》か。それなら用はない」

「はっ！　言うじゃねえか。許しを請うまで可愛がってやるよ！」

男は棍棒《こんぼう》を振りかぶり、力任せに叩《たた》きつける。

セレーナは咄嗟《とっさ》に回避するが、その衝撃で地面が砕けて飛び散る。その破片を浴びるだけで、したたかに打ちつけられたような痛みが走った。

「くっ……！」

「ちょこまかと逃げても無駄だぜ！」

大振りではあるが、かすっただけでも鎧《よろい》はひしゃげてしまう。直撃したら即死だ。迂闊《うかつ》に近寄ることはできない。

好機は一瞬。相手が振り上げた瞬間に懐に入るしかない。

それまではじっと耐え続けるしかないだろう。男だけでなく魔物の相手もしながら、セレーナは動き回る。

やがて男はじれったくなってきたのか、荒々しく棍棒を振りかぶる。直後、セレーナは前に飛んだ。

距離を詰めれば、棍棒を食らうことはない。

しかし――

「小せえんだよ！」

男は前進して体ごとセレーナにぶつけて、彼女を押し倒した。

巨体に押さえられてしまっては、セレーナは身動きが取れなくなる。

男はセレーナの首に手をかけて、嗜虐的《しぎゃくてき》に笑う。今まで翻弄《ほんろう》された苛立《いらだ》ちを晴らそうというのかもしれない。

「力比べといこうじゃねえか」

「そうだな。それがいい」

「強がりを……！」

男はセレーナをくびり殺そうとするも、その腕には体重が乗らなかった。いつしか風が絡みついて、彼を引《ひ》き剥《は》がそうとしているのである。

「この程度で、押さえられると思うか！」

腕は動かずとも、握力だけで首を絞めることはできる。セレーナはグッと堪《こら》えるが、その顔はうっ血して赤黒くなっていく。

それでも彼女は強がってみせた。

「お前にはこの程度で十分だ」

もっと強い相手と戦ったこともある。その力はこんなものではなかった。

だから、きっとたいしたことはない。どんなに苦しかろうと、自分でも止められる相手なのだ。ならば怯《おび》える必要も、迷う意味もない。

さあ、ここで打ち倒してみせよう。

――人々の勝利のために。

「覚悟しろ」

セレーナは弱々しく切っ先を男に向ける。ろくに振りかぶることもできず、鎧《よろい》を貫くにはあまりにも非力。

だが、そこには銀の光とともに渦巻く風が纏《まと》わりついており、解き放たれるときを今か今かと待っていた。

それを見た男は慌てて腕に力を込める。

「くっ……死ねぇえええ！」

「さあ、吹き飛べ――」

激しく唸《うな》りを上げながら暴風が放たれた。

男の胴体に風穴を開けても衝撃は止まらず、その肉体を空高く打ち上げる。

しばらくして倒れたセレーナのすぐ近くに墜落し、ガシャンと音を立てた。もう男は動かなくなっていた。

流れ込んでくる精霊王の力に、セレーナは勝利を実感する。敵将を討ち取ったのだ。一つ脅威を退けたと言えよう。

とはいえ息は苦しく、立ち上がるのがやっとだ。

周囲にいる魔物を切り倒したら、いったん後退するしかない。そう思ったセレーナだが、まだ精霊王の力は脈動を続けている。

まさか――

「ははあ、虫の息じゃねえか。ついてやがる」

魔物の間から姿を現したのは、別の魔人であった。細くしなやかな肉体を持っており、手には鋭い爪がある。

この魔人も精霊王の力を持っており、それゆえに力の鼓動は収まらなかったのだろう。

先ほどは戦いに集中していたため、接近してくるのに気づけなかったのだ。

(くそ、なんたる失態だ)

決着がついたとしても、戦った直後はどちらかが疲弊している。そこを狙ってくる者がいてもおかしくはなかった。

警戒しておくべきだった。

セレーナは剣を構えるが、体に力が入らない。魔術でなんとかするしかないが、それだけで凌《しの》げる相手ではないだろう。

(ここまでか)

死を覚悟した瞬間、魔人の首が飛んだ。

その魔人の背後に突如として現れたのは、血塗られた大斧《おおおの》を担《かつ》いだ大男――銀翼騎士団のヴォークである。

「手負いのお宝を見つけて浮かれたとはいえ、いくらなんでも油断しすぎじゃねえの」

彼は転がった首に言った。

ヴォークは精霊王の力を秘めていないため、魔人はヴォークの接近に気づけなかったのだろう。だが、これからはヴォークが魔人が持っていた精霊王の力を継ぐことになる。

セレーナは眉をひそめてヴォークを見る。

「奇襲とは、それでも騎士か」

「仕方ないだろ。こいつは素早くて、一撃で仕留めないと逃げられちまうんだから。助けてやったんだから、感謝してくれてもいいんじゃねえか？」

「無論、そこは感謝している」

「といっても、俺が逃がしちまったやつなんだがな。アッシュには内緒にしてくれよ。怒られちまう」

団長ではなく、アッシュを怖がるヴォークである。

彼はこれまで、ヴェルンドル王国付近で東の魔人と戦っていたのだが、そこを離脱してこちらに向かう部隊を追ってきたのだ。

ともかく、彼の仕事はこれで済んだことになる。

「一仕事終えたし、とんずらするぞ。おいボルド！」

ヴォークが声をかけると、蛇蝎騎士団のボルドとミーアがこっそりと現れる。彼らはセレーナたちの状況を見て、派遣されてきたのだ。

「ちゃ、ちゃんと殺したんだろうな⁉　生きてねえだろうな⁉」

「心配すんなって。脱出するから、魔物をなんとかしてくれ」

ボルドは死んだ男をそろりそろりと突《つっ》いて、動かないことを確認した途端、ふんぞり返った。

「ったく、しょうがねえなあ！　俺様がいねえと、逃げることすらできねえもんな！」

「いいから早くやれっての」

「はあ。これだからこの才能を理解しない愚民は――」

「早くしろよ！」

ヴォークに怒鳴られると、ボルドは慌てて懐から発煙筒を取り出した。

火をつけると煙がもうもうと上がり、魔物はその場から逃げ始める。

「いったい、なにが……？」

セレーナの問いに、ヴォークが答える。

「精霊王の支配を弱めるようなもんだ。正気になったら、こんな血生臭い戦場にはいられないんだろう。まあ短時間だから逃げるのにしか使えないが」

「これだから馬鹿はダメだな！　この発明のすごさは、そんなとこにあるんじゃねえ！」

「そうだぞ！　すごいんだぞ！　馬鹿め！」

ボルドが怒鳴り、ミーアもベチンベチンと尻尾を叩《たた》きつけながら怒る。

「お前も理解してねえだろうが」

呟《つぶや》きを耳にしてミーアはますます激昂《げきこう》するが、相手をしている暇はない。

ヴォークはセレーナを連れてその場を離脱する。兵たちは戻ってきたセレーナの無事を確認して、胸を撫《な》で下ろすのだった。

「このあとはどうするつもりだ？　あの精霊王をなんとかして倒さなければなるまい」

「馬鹿やろう！　あんなのに立ち向かったら死んじまうだろうが！　考えなしかよ⁉」

「な、なんだと⁉　貴様それでも騎士か！」

「ボルドの言うことなんか放っておけ。だが、それでもまだこいつのほうが正しい判断をしてる。あんなのに挑んでも死ぬだけだ」

「だったらなにもせずにいろと言うのか」

「そのとおりだ」

ヴォークの態度に、セレーナの眉間に皺《しわ》が寄る。

だから彼は肩をすくめながらつけ加えた。

「任せるんだよ、それができるやつに。俺たちは俺たちの仕事をしながら」

「貴様もそこのろくでなしと一緒じゃないか。騎士としてその発言は恥ずかしくないのか。民を守ろうとする気がないとは――」

「おっと、その発言は訂正してくれ。民を守るつもりは十分にある。ただ、俺たちはあの化け物討伐はしないと言ったんだ」

「それは見捨てるも同義だ」

「いいや、そっちは我らが団長がなんとかしてくれるはずさ。大いに期待してくれていい。俺たちの総意だ」

「丸投げとは、やっぱりろくでなしじゃないか」

「まあな。銀翼騎士団だからな」

「……あの男もろくでもないが、お前たちもひどいものだな」

そう言うセレーナもまた、あの男の勝利を強く願っている。

きっと、彼ならば――

銀翼騎士団の者とともに、セレーナは東に視線を向ける。

銀霊族の都に、動きはまだない。

◇

兵たちが警戒を強めて銀霊族の動向を見守る中、シルルカはアッシュとキララに相談を持ちかけていた。

「ラージャの次の一手はなんだと思いますか?」

「まずは大司教の精霊王を取り込むことでしょうね」

「考えたくもないけれど……それが終わったら、きっと、精霊王を完全な姿にしようとすると思うわ」

それはすなわち、精霊王の力を持つ者を狙うということだ。今や各地には、精霊王の力を手にした者が幾人もいる。

「おそらく団長よりも倒しやすい相手を先に狙うでしょうね」

「となると……」

キララはケモモンを見る。この獣は精霊王の血縁と言われており、それに加えて最近は竜を倒して精霊王の力を手に入れていた。

「ケモモンを銀霊族なんかに渡しませんよ」

アッシュはいつになく真剣な顔をして、ケモモンを抱きしめる。大切な相棒である守護精霊が敵の精霊王に呑み込まれるなんて、彼には耐えられないだろう。

二人の話を聞いていたシルルカは、少し考え込んでから話を続けた。

「もしかすると、団長さんの手助けができるかもしれません」

「本当ですか?」

「はい。ケモモンにも協力してもらえると助かります」

シルルカは握っている杖《つえ》を二人に見せる。

それは普段使っているものではなく、ヴェルンドル王国でロムニスから取り戻した父の遺品の杖である。

「父は魔導と……精霊王降臨に関する研究をしていました。この杖は、どうやらそのためのものだったようです」

奇妙な模様が入った杖を、アッシュとキララはまじまじと眺める。

アッシュは博学ではあるが、精霊王に関して研究していたわけではなく、この杖のことはわからなかった。

それゆえにキララに尋ねる。

「なにかわかりますか？」

「精霊たちを魅了する素材のようね。自然と精霊が集まってくるみたい」

「それで精霊王をも虜《とりこ》にしてしまうということですか？」

「そこまで強力ではないとは思うけれど……精霊王の気を引くくらいなら、できるんじゃないかしら」

それだけ聞けば、シルルカがやろうとしていることはなんとなく掴《つか》める。精霊王に一杯食わせてやろうというのだ。

　常人ならば、そんな馬鹿げたことを、などと顔をしかめることだろう。しかし、アッシュもシルルカのことは信用している。

「私には魔導のことはわかりませんが、できる限り協力しましょう」

「ありがとうございます！」

「ここにいても、たいしてやることもありませんからね。それで、私はなにをすればいいですか？」

　アッシュの問いに、シルルカは少し考えてから聞き返した。

「オルヴ公国での出来事を覚えていますか？」

「ええ。オルヴ公は精霊王の降臨に失敗しましたね」

　アッシュとシルルカは、リタやキララと一緒に忍び込んで、その現場を目《ま》の当たりにしていた。

　オルヴ公は自分の身に精霊王を宿そうとして、その身を乗っ取られたのだ。あれは惨《むご》たらしい現場だったと記憶している。

　キララはアッシュに、仕方なさそうな顔を向ける。

「あの戦いが終わったあと、アッシュはオルヴ公の持ち物をくすねてきたのよね」

「ひどい言い方ですね。調査のために回収して持ち帰ったんですよ」

「同じじゃないの」

アッシュは顔をしかめる。仕事としてやったことなのに、こそ泥扱いされるとは、彼も心外である。

が、気を取り直してその後のことを思い出す。

「セイレン海の大精霊に見てもらったら、精霊の動きを封じ込め、呼び寄せて捕らえるためのものと言っていました。……そういうことですか」

アッシュはぽんと手を打った。

「すぐに用意させます」

「お願いします」

アッシュは兵に手際よく指示を出していく。我々の未来がかかっているのだと伝えると、兵たちはいっそう気を引き締めて取りかかる。

彼らに任せておけば、そちらは大丈夫だろう。

用を済ませたアッシュは、シルルカに笑いかけた。

「それにしても、大胆なことを考えますね」

「そうじゃないと、団長さんと一緒にいられませんからね」

「まったくです」

「やられたからには、やり返さないと気が済みません」

シルルカは小さく「父のためにも」とつけ加えた。

父はシルルカには平穏に過ごしてほしかったのかもしれない。けれど、こうなることもどこかで予見していた。だからこそ、託してくれたものがある。

「団長さんと約束したんですよ。父の思いを引き継ぎ、精霊王の力が正しく使われるように戦い続けると。今がそのときなんです」

「まったく、団長とはいいコンビですね」

アッシュが言うと、すかさず飛び出してくる尻尾もある。

「リタもいるからトリオだよ」

「そうでしたね」

「うんうん」

こんな状況でも相変わらずのリタである。ちっとも緊張感がない。

シルルカもこれには感心するばかりだ。

「リタさんは本当にいつもどおりですね。案外、大物なんですか?」

「やっと気づいた?」

「本気で受け取らないでくださいよ。でもリタさんを見ていると、なんだか何事もうまくいきそうな気がしてくるから不思議ですね」

「大丈夫だよ。師匠がいるもん」

「そうですね。リタさんもたまにはいいことを言います」

「いつもだってば」

シルルカはそんなリタを笑いながら準備を始めた。

きっと、自分にもできることがあるはずだから。

「ポポルンにも手伝ってもらいましょう」

その守護精霊はフェリクスの力になってくれるだろう。ポポルンはやる気に満ちており、翼を大きく広げてみせる。

シルルカは少し考えてからポポルンに尋ねる。

「セレーナさんを呼びに行ってもらってもいいですか？」

計画には彼女の力も借りたい。

先ほどボルドたちが応援に向かったため、状況も落ち着いているだろう。こちらに来るだけの余裕もできているはず。

とはいえ、ボルドの顔を思い浮かべると、かえって状況が悪化しているかもしれないと不安になるシルルカであった。

ポポルンがセレーナのところに飛んでいくのをシルルカは見送ってから、自分の作業を始める。

まだ希望は失われてはいない。

銀翼騎士団は動き続けていた。

◇

激しい干戈《かんか》の音が鳴り響いていた。

銀霊族の都、宮殿の一室は漆黒の嵐に包まれている。いや、もはや部屋などというのもおこがましいか。すでに周囲には木材の残骸や瓦礫《がれき》が転がっており、大地も露出しているのだから。

フェリクスとルドウィンの決戦が始まってからどれほどたったのか。両者とも疲労は蓄積しているはずだが、戦いは激しさを増す一方だった。

二人を取り囲む漆黒は禍々《まがまが》しいほどに渦巻いており、今や近づくことすらできない。荒れ狂う暴風には、銀霊族たちも遠巻きに様子を窺《うかが》うばかり。誰一人として加勢に行くことはない。

そして内部では、外に漏れ出すほど強い銀の輝きが迸《ほとばし》っていた。

「――せぇい！」

フェリクスが剣を振るうと、ルドウィンは紙一重のところで回避してすぐに切り返してくる。

刃は確実に首を狙ってきていた。

フェリクスが銀の翼で加速して下がれば、ルドウィンも追ってくる。彼の背にもうっすらと銀の翼が生えていた。

「はぁっ！」

ルドウィンが剣を振ると、漆黒が吹き荒れる。フェリクスが咄嗟《とっさ》に振るった刃は、その軌跡に沿って闇を切り裂くが、その中から飛び出してきたルドウィンは立て続けに刃を繰り出した。

体を捻《ひね》って回避すると、切っ先は衣服を浅く裂き、わずかに胴体に届いて血を滲《にじ》ませる。フェリクスの姿勢が崩れ、一方のルドウィンは半身を彼に曝《さら》け出すことになる。

互いに銀の翼が輝くと、舞うように、ぶつかり合うように体を翻す。そして回転の勢いを乗せた剣と剣とがぶつかり合った。

キィン！

甲高い金属音が大気を揺らす。

両者は剣を近づけながら、互いに有利な位置を取れるように腕や足を動かし、空間を奪い合う。

「どうした！　俺を倒さないと、銀霊族は止まらないぞ！」

「ならば、あんたを越えていく！」

「来い！」

フェリクスは力強く剣を握ると、ルドウィンを突き飛ばす。

そして銀の翼による輝きを全身に纏《まと》わせる。剣は眩《まぶ》しいほどに輝いていた。

「うぉおおお！」

咆哮《ほうこう》とともにフェリクスは猛進し、ルドウィンへと銀の輝きを放つ。

ルドウィンが回避するや否や、フェリクスは剣から手を離した右腕を繰り出す。それは透明の銀の手甲《てっこう》を纏っていた。

(捕らえた！)

包み込むように銀の光が迫っていく。もはや逃げ場はない。

フェリクスの精霊王の右腕はルドウィンの体を握りしめ、そのまま地面に叩《たた》きつける。

確かに感触はあった。

しかし――

(なにっ!?)

鋭い銀の光が放たれると、フェリクスは咄嗟に右手を引いた。銀の手甲が真っ二つになっている。

かすった腕からは血がどっと噴き出した。傷は深い。ほんの少し遅れていれば、腕が落ちていただろう。

相手もまた、精霊王の力を保持する男なのだ。フェリクスの銀の右腕は精霊王の力を利用したものとはいえ、その大部分はザルツが持っているため不完全なのだ。

心臓の力で強化された一撃を防ぐには不十分だった。

フェリクスが見せた一瞬の隙をルドウィンは見逃さず、蹴りを叩《たた》き込んでくる。

「くぅ……！」

胴体を重い衝撃が突き抜けていき、思わず空気を吐き出した。体がバラバラになりそうな痛みがあるが、相手は待ってなどくれない。

フェリクスがなんとか踏みとどまったところに追撃がきた。ルドウィンは覆い被《かぶ》さるように、剣を振りかぶっていた。

（させるか！）

直後、銀霊族の剣がフェリクスの体を両断する。しかし手応えはない。フェリクスは砂漠のサンドラ王国で炎帝から手に入れた幻影の力を使ったのだ。

その隙にフェリクスはルドウィンの背後に回っていた。

「もらった！」

意識を集中すると、背中の銀の翼から無数の羽根が撃ち出される。この技も炎帝から得たものだ。

ルドウィンはそれを一瞥《いちべつ》するなり駆けだした。ギリギリまで引きつけて回避するとともに、剣を振るって漆黒の刃を撃ち出す。

（……速いな、くそ！）

こちらが攻めていたはずなのに、いつしか攻防は逆転している。

反撃を回避することで生じたフェリクスの一瞬の隙に、ルドウィンは距離を詰めてきて、剣を振りかぶった。

「ふんっ！」

ルドウィンの剣の間合いから離れたフェリクスだが、漆黒の暴風が彼を呑《の》む。

だが、フェリクスとてやられてばかりではいられない。

銀の光を煌《きら》めかせ、漆黒の風を払って飛び出す。ルドウィンの前に突然現れたフェリクスが放った一撃は、危なげなく受け止められた。

数度打ち合うも、決定打には至らず距離を取って仕切り直しとなる。

「はあ……はあ」

フェリクスは荒い息を整えながら、ルドウィンを見る。激しい戦いに彼も疲労は溜《た》まっているようだが、だからといって隙を見せる男ではない。

正面から行っても、奇襲を仕掛けても、ルドウィンには届かない。このままでは勝負は決まらず、銀霊族の思惑どおりに事が進んでしまう。

「どうした、諦めたか」

「まさか。本番はこれからだ」

フェリクスは大きく深呼吸をすると、覚悟を決める。

まだ本気になれていなかったのだろう。ルドウィンとの戦いのあとにも、銀霊族と戦わねばならないと、心の中では全力を尽くしていなかった。

そんな覚悟で勝てる相手ではない。

今ここですべてを曝《さら》け出してでも挑まなければ、打ち倒すどころか斬られてしまう。それほどの強敵なのだ。

「どうなっても知らないぞ」

「それでいい。かかってこい」

ルドウィンは大胆に笑い、フェリクスは右手で胸をドンと叩《たた》いた。

どくん、どくん、と心臓は激しく打つ。そして精霊王の力が彼を駆り立てる。

――さあ、解き放て。その力の赴くままに！

フェリクスはぐっと胸を掴《つか》む。

「自由は渡さない。俺は俺のままだ」

このまま精霊王の力に身を委《ゆだ》ねてなるものか。それではラージャたち銀霊族となんら変わらない。

どれほどその力が強かろうと、どんな相手だろうと、彼の意志は決して揺らぎはしない。それが守るべきものがある騎士の誇りだ。

だからフェリクスは、己《おのれ》の信念とともに叫ぶ。

「さあ、力をよこせ精霊王！　俺がお前の主《あるじ》だ！」

銀の奔流が解き放たれ、周囲に光が満ちる。銀の翼は今までとは比ぶべくもない輝きを見せていた。

その美しさにルドウィンは目を見開くも、すぐに正気に戻って剣を強く握った。

「フェリクス！」

「ルドウィン！　覚悟しろ！」

両者が同時に地を蹴り、勢いよく衝突する。

剣と剣が、そして意地と意地がぶつかり合った。

「うぉおおおお！」

フェリクスの剣は力強くルドウィンを突き飛ばした。

地面にしたたかに打ちつけられて転がっていくルドウィンであったが、銀の翼を用いて体勢を立て直すと、フェリクスへと切っ先を突きつけた。

「そうだ！　見せてみろ！」

ルドウィンが吠《ほ》えた途端、精霊王の力が激しく脈打った。

心臓の力を今この一点に集中させたのだろう。ルドウィンは苦悶《くもん》の表情を浮かべて胸を押さえる。

フェリクスが一瞬戸惑うと、その隙を見逃さずにルドウィンは切りかかってくる。

「敵に情けをかけるなと教えたはずだが……相変わらず甘い！」

力任せの一撃を食らって、フェリクスはのけぞる。だが、後ろ足に力を込めると、それ以上は引かずに堪《こら》える。

守るものがある。これ以上退《ひ》けない理由があるのだ。

「あんたを倒して俺たちの平和を守ってみせる！」

「ならば、俺は銀霊族に輝かしい未来をもたらそう！」

二つの意思が衝突し、暴風が吹き荒れる。

銀と黒の輝きは入り乱れながら存在を主張し続けていた。だが、それももはや長くは続かない。

互いに精霊王の力を使い続けており、ここにきていっそう強く力を振るったことで限界が近くなった。

悠長なことをしている時間はない。

――次の一瞬で勝負は決まる。

フェリクスとルドウィンはやや離れた間合いで剣を構え、相手の動作を読みながら好機を見計らう。

張り詰めた空気の中、もはや両者には互いの姿しか目に入らない。景色も音も置き去りにして、ただ相手を切ることのみに集中する。

わずかな目線や筋肉の動きから行動を予想し、ほんの一瞬だけでも先んじようとする。

これまでの激しさとは打って変わって静かで、そしてこの上なく激しいやり取りが繰り返される。

いつまでも続くかのように見えた膠着《こうちゃく》状態は、突如として崩れた。二人は全身全霊の力を込めて、同時に切りかかったのだ。

ひとたび動きだしたなら、もはや止まることはない。

あとはその刃が勝敗を決めるのみ。

未来は切り開かれようとしていた。

◇

戦場の誰もが息を呑《の》んでいた。その光景には目眩《めまい》がするほどの衝撃を受けずにはいられない。

——精霊王が動きだした。

それは、大司教が降臨させた精霊王と銀霊族のそれの同化が済んだことを意味する。

「そんな……」

キララは震える声で呟《つぶや》いた。

精霊王の足元にある木々や花々は枯れていく。そこにあるすべての精霊が、精霊王に取り込まれていた。

大地は力を失い、自然は輝きを失う。

「アッシュ……精霊たちの嘆く声が聞こえるわ」

「ひどい有様ですね」

精霊をなくした土地は荒れ果てていく。

木々は枯れ木となり、大地はひび割れる。あまりに様変わりしていて、にわかには信じられない光景だった。

兵たちの中には、もう終わりだと諦めてしまう者もいた。実際、あれをどうにかするのはもはや難しい。

そんな状況では、ただの魔物相手にも引けを取ってしまう。精霊王は強大な相手ではあるが、それ以前に、魔人たちや銀霊族に操られている魔物をなんとかしなければならないというのに。

さすがのアッシュも、この状況には冷静ではいられない。兵たちに次々と指示を出すが、動揺した彼らにはうまく伝わらない。普段よりも苦戦を強いられるだろう。

「まったく……もどかしいですね」

アッシュは額の汗を拭いながら戦況を把握する。どこもかしこも、防戦一方になっていた。

ここから巻き返すのは、あまりにも現実的ではない。

しかしそれでも、彼は勝利を信じて変わらずに動き続ける。

「団長、早くなんとかしてくださいよ。皆待っていますからね」

アッシュは、フェリクスのいる銀霊族の都へと目を向けるのだった。

◇

鮮やかな血の色が、赤々とした宮殿に映えていた。

「……どうして」

フェリクスの首には刃が食い込み、そこから血が噴き出している。致命傷だった。これほどの勢いで血を失えば、失血死は免《まぬが》れない。

流れ落ちる血の行く先は足元の血だまりだ。それは紫色にどす黒く染まっている。

フェリクスの剣はルドウィンの心臓を貫いていた。

「ルドウィン元団長……なんで剣を止めた」

「お前の首の骨が硬すぎて止まっただけさ」

「あんたは昔から嘘《うそ》が下手だ」

「お前ほどじゃない」

ルドウィンはふっと微笑《ほほえ》む。

もし、夜嵐騎士団にいたときにきちんと話をしていたら、違う未来もあったのだろうか。フェリクスは今になって詮《せん》ないことを思う。

ルドウィンは血を吐きながらも、不敵な態度は崩さなかった。

「二人とも死んだら、なにもかもがぐちゃぐちゃだ。それは最悪の事態だろ？」

「だったら――」

「互いに死んで引き分けになるくらいなら、お前が生きたほうがいい。どうせ、俺はこの先で死ぬ運命にあったんだ。俺の体は精霊王の心臓に耐えられるようにはできていないからな」

「なんで、そこまでして心臓の力を使ったんだ」

ルドウィンにはその道しか残されてはいなかった。だから意味のない言葉だと知りつつも、フェリクスは口にせずにはいられなかった。

ルドウィンは視線を都の外に向ける。漆黒の嵐に覆われているが、彼には見えるものもあるのかもしれない。

「ザルツとの約束だからな。心臓を動かして各地の精霊王の遺体を導き出し、銀霊族に集

めさせる。そして大司教が精霊王を仕掛けてきたらラージャの身にも精霊王を降臨させて戦わせ、奪い取る。ここまでが俺の役割だ。あとはあいつらの運命の添え物にすぎない」

「これが、あんたの見たかった未来なのか」

「言っただろ。お前が変えていけ、と」

ルドウィンは剣から手を離し、フェリクスの胸を拳でつく。その手は弱々しいはずなのに、やけに力強く感じられた。

フェリクスははっとする。ルドウィンは心臓の力を自分に渡すために銀霊族になったのではないかと。

「まさか……こうなることまで考えて、この戦いを起こしたのか」

「馬鹿言うな。俺だって全知全能じゃない。……ただ、死ぬときにこいつを託すとしたら、お前しか思い浮かばなかった」

「……なぜ、俺なんだ」

「さあな。お前ならやれると思ってしまったんだ。あのときも、そして今も。フェリクス、お前が変えていけ」

ルドウィンは約束の言葉を今一度、彼に告げる。

「もはや精霊の御許《みもと》から見守ることはできないのが残念だが仕方ない。銀霊族の誰かが王になるのか、それともお前が王になるのか。……俺は地獄から見ていよう。受け取るがいい」

剣を通してルドウィンの体から脈動が伝わる。ドクドクと激しく、体を突き破りそうなほどに暴れながら。

銀の光が流れ込んでくるにつれて、フェリクスの首の傷は塞がっていく。いつしか血は止まっていた。

彼の首に食い込んでいた剣がずるりと落ちる。

ルドウィンはもう動かない。

「俺が変えていく。かつてあんたが言ったように」

返事はない。けれどルドウィンの顔はどこか安らかにも見えた。

フェリクスは自身の胸に右手を当てる。

そして手に入れた力に命令を下した。

「動きだせ。この戦いを終わらせるために！」

どくん、と心臓が呼応する。

世界各地の精霊王の力と繋《つな》がる感覚がある。いや、それだけではない。おそらくは魔物や精霊たちをも支配する力が及んでいる。

それはフェリクスの意思一つで意のままに操れるだろう。

彼が精霊王の力に意識を向けていると、

「なんということだ……！」

声が聞こえてきたのでそちらを見る。すでに周囲を覆っていた漆黒は晴れており、銀霊族の男たちが遠巻きに眺めていた。

フェリクスはルドウィンの心臓に突き刺していた剣を引き抜く。それは彼の血で青く染まっている。

すなわち、魔人の色だ。ルドウィンは魔人として死を選んだのだ。

であれば、魔人と人のどちらをも裏切った者ではなく、銀霊族としての最後を全うさせてやるべきだろう。

フェリクスは剣の血を振り払う。

「残念だったな。こいつも奮闘したようだが、俺のほうが強かった」

「なにを……！」

「かかってくるか？　わざわざこいつが、お前らを巻き込まないように気を使ったというのに。その命、無駄に落とすことになるぞ」

フェリクスが剣を向けると、銀霊族の者たちは後ずさりする。

ルドウィンですら敵《かな》わなかった相手に、挑もうという気概がある者はいないようだ。彼らは互いに視線を交わしながら、どうするのかと目で尋ね合うばかり。

実際のところ、ルドウィンは彼らを巻き込まないようにしたわけではないだろう。フェリクスとの戦いの邪魔になると思ったから阻《はば》んだだけで。

しかし、銀霊族として侵略者と戦い、名誉の戦死を遂げたのだ。少しくらい脚色があってもいい。

「まあいい、見逃してやろう。俺はこれから大仕事があるんでな。せいぜい、丁重に弔《とむら》ってやることだ」

フェリクスは銀の翼を広げて宙に舞い上がる。

それから地上の様子をこっそりと窺《うかが》う。

銀霊族たちは慌てふためいていたが、やがてルドウィンのところに駆け寄っていった。

あの様子なら、遺体が蔑《ないがし》ろにされることはないだろう。

フェリクス自身の手で埋葬したかったが、きっとそれはルドウィンの望みではない。

だからこれでいいはず。

(あとは、精霊王をなんとかするだけだ)

精霊王はすでに銀霊族の都を離れており、遠いところに姿が見える。大量の魔物を引き連れて侵略を始めていた。

「くそ、間に合わなかったか！」

心臓の力で同化は中止したとはいえ、精霊王はすでに動きだしてしまった。不完全な状態ではあるが、それでもその力は計り知れない。

その向かう先はアッシュたちがいるところだ。

狙いはケモモンか。精霊王の血縁と言われており、近頃は精霊王の遺体の力を集めたことでその力はより強くなっている。

精霊王の力を求めているのだとすれば、セレーナも狙われるだろう。

「させるものか」

たとえどれほど強大な相手だとしても、平和を乱そうとするならば、大切な人たちを奪おうとするのであれば——

(必ず倒してみせる！)

フェリクスは拳を握る。

まっすぐに精霊王を見据えると、高らかに声を上げた。

「俺が変えていく。この力で！」

それがルドウィンとの約束なのだから！

銀の心臓が彼を駆り立てる。各地の精霊たちは、主《あるじ》の命令を今か今かと待っていた。

フェリクスは拳をぐっと突き出す。

「魔物たちよ、俺に従え！」

世界各地の魔物たちが産声《うぶごえ》を上げた。

それまで人々を襲っていた魔物は、フェリクスの命令に従って、くるりと反転した。そして精霊王目がけて駆けてゆく。

精霊王といえども、大量の魔物に襲われたなら多少は怯《ひる》むはず。

そう判断したのだが——

「なんてことだ……」

魔物たちがしがみつくのも構わずに、精霊王はずんずんと進んでいく。そして周囲から精霊の力を奪い取っていた。

魔物は力を失うとぐったりして動かなくなり、枯れた大地に倒れ伏す。屍《しかばね》の山があっという間にできあがった。

迂闊《うかつ》に切りかかっていたら、フェリクスの力も呑《の》み込まれていたかもしれない。

(どうする——!?)

フェリクスは悩みつつも、すぐさま行動に移る。

相手との距離があるため、まずはそちらに移動するべきだろう。皆を守るにしても、ここからではなにもできない。

そう思って銀の翼をはためかせようとした直後——

「くっ……!?」

体を捻《ひね》るなり、先ほどまでいた空間を通り過ぎていくものがある。銀の輝きを秘めた青白い腕だ。

放たれたのは地上から。腕の付け根まで目で辿《たど》っていくと、その先にいたのは、銀霊族の魔人ザルツであった。

「てめえは行かせねえ！」

ザルツの腕は一気に広がり、フェリクスを呑《の》み込もうとする。

素早く剣で切り払うも、すぐさま切り口から再生して彼を追ってくる。これではキリがない。

「お前に構ってる暇はない！」

銀の翼を広げると、大きく一振りして相手の腕を一気に払った。腕は空中で飛び散り、地上へと降り注ぐ。

ザルツはそれでもなお彼を睨《にら》み続けていた。彼自身がダメージを負わなければ、いつまでも追ってくるに違いない。途方もない執念が感じられた。

（それなら……！）

フェリクスは剣を掲げると銀の光を纏《まと》わせて、地上目がけて解き放つ。これまで以上に強い輝きがザルツに襲いかかった。

ザルツは一瞬たりとも目を背けることなく、その光を直視しながら叫ぶ。

「貴様さえいなければ！　フェリクス！」

銀の光はザルツの腕を巻き込みながら突き進み、やがては地上を包み込んだ。ザルツの叫びはもはや聞こえない。

彼が以前に戦ったときよりも力がなかったのは、おそらく精霊王を降臨させるときに、その力の大部分をラージャに明け渡したからだ。それゆえに精霊王の力にほとんど反応することもなく、フェリクスも接近を許してしまったのだろう。

ザルツの追撃を警戒するフェリクスであったが、なにも攻撃がないことを確認すると、精霊王へと向かう。

こんなところで余計な時間を食ってしまった。

（急がないと……！）

あのままでは、アッシュたちが踏み潰されてしまう！

どうか無事でいてくれと願いながら、フェリクスは翼を大きく広げて精霊王へと向かっていく。

その距離が次第に近くなるほどに、巨大さを実感せずにはいられない。

フェリクスは試しに銀の羽根を撃ち出してみるが、精霊王はまったく意にも介さない。ほとんど効いていないようだ。

「精霊の力はほとんど無効化されるか……」

精霊王の力による攻撃は吸収こそされないが、深い傷を負わせるには至らない。同種の力ゆえに効くかとも思ったが、向こうは実体を持って降臨させたものであるだけに、強力なのだろう。

（こちらも実体化させるしか方法はないか？）

フェリクスが持っている精霊王の力は、降臨させるには十分な量だろう。しかし、フェリクスは精霊王の力に関して詳しいわけではない。

大司教を問い詰めれば、精霊王を降臨させる方法を吐くかもしれないが、今から準備を始めたとしても、フェリクスが力を振るえるようになるのは地上がすっかり蹂躙《じゅうりん》された頃になってしまうだろう。

（どうすればいい！）

フェリクスが焦燥感に駆られたそのとき、向こうから空を飛んでくるものが見えた。

それは銀の翼を羽ばたかせていた。

「あれは――」

さらに全身が銀の毛で覆われており、その毛には宝玉や貴金属、草花などがあしらわれている。ややずんぐりした体型のそれは――

「ケモモンか!?」

よく見ると、その背にはアッシュが乗っている。

ケモモンのあの格好はいったいなんのつもりなのか。意味もなくアッシュがそうするとも思えないし、なにかしらの秘策でもあるのか。

「団長！　乗ってください！」

近くにやってくるなりアッシュが叫ぶ。

フェリクスはすかさず、空飛ぶケモモンの背に乗った。すぐにアッシュが彼の鎧《よろい》を渡してくるので、装着しながら話を聞く。

「ケモモンのこの姿はどうなってるんだ？　なんで翼が生えてるんだ？」

「かっこいいですよね。敵から手に入れた精霊王の力です」

「そういうことか」

精霊王の羽根を多く集めたのだろう。

ケモモンはカザハナ家に代々伝わる守護精霊で、姿形を変えてきた経緯がある。この獣にとっては、姿が変わるのは些細《ささい》なことなのかもしれない。

「それで、このゴテゴテした飾りはなんだ？　まさか、ただのお洒落《しゃれ》じゃないだろ？」

「もちろんです。ケモモンは高貴ですから宝玉も似合いますが、そういうわけではありませんよ」

（……似合ってるか？）

思わず突っ込みそうになったフェリクスであるが、今はそれどころではない。

アッシュの説明に耳を傾ける。

「これらはオルヴ公国でオルヴ公が精霊王の降臨に使っていたものです。こっそり持ち帰ってセイレン海の大精霊に見せたのを覚えていますか？」

「あれか」

「ええ。これを用いて、簡易的ながら精霊王を降臨させます。それによって相手に攻撃が通じるようになるはずです。団長には負担をかけてしまいますが……」

「大丈夫だ。俺がやる」

フェリクスは迷いなく答える。

可能性があるならば、最後まで戦い続けるのみ。それが銀翼騎士団の団長だ。

「必ず無事に使いこなしてくれると信じていますよ」

それからアッシュは具体的な内容を説明する。

「精霊王降臨に関する調整はケモモンがやります」

「本当か！　すごいなケモモン」

「ええ。うちのケモモンはすごいんですよ」

こればかりは素直に感心するフェリクスである。

アッシュはそのすごさを存分に語りたかったようだが、今は我慢して説明を続ける。

「実体化の範囲ですが、簡易的なものなので周囲の狭い範囲内に限定されます」

「それでも剣があれば切れる」

「ですが、相手は大きいため致命傷には至らず、チマチマと切っているうちに再生される可能性が高いです」

「じゃあどうしろって言うんだよ」

「精霊王を宿すことになった銀霊族本人を狙い撃ちにします」

本体を倒せば再生もできないということか。

フェリクスはルドウィンから聞いた話を思い出す。

「銀霊族はラージャに精霊王を降臨させたらしいな」

「ではおそらく、中にいるのはラージャなのでしょう。以前オルヴ公を切ったとき、内部に感覚が違う部分がありましたよね？」

「ああ。おそらく不完全な降臨だったから、完全に同化はしていなかったんだろう」

「今回も同じです。その部分を仕留めれば……精霊王降臨は解けるでしょう」

「だが、場所なんてわからないぞ」

精霊王はかなり大きく、魔人一人分がどこに埋まっているかなど、当てずっぽうではいつ判明するかもわからない。

しかし、アッシュはそれも問題ないという。

「ラージャの居場所はこちらで示しますので、そのときに貫いてください」

「わかった。準備は任せればいいんだな」

「団長は精霊王を相手にすることに集中してください。時が来たら指示を出します」

アッシュがやるというのだから、フェリクスは信じるだけだ。

これまでもずっと、そうしてやってきた。なにも心配はいらない。

「ケモモンも精霊王の心臓の力で強化できますから、うまく合わせてくださいね」

「頼むぞケモモン」

フェリクスが告げるが、相変わらず返事はない。それでも、いざというときは頼りになる獣なのだ。

アッシュはそれからフェリクスに釘《くぎ》を刺す。

「くれぐれも、ケモモンには無理をさせないでください。団長は少しくらいボロボロになってもいいので」

「よくないだろ、俺だって」

「冗談です。さあ、行ってください。頼みますよ」

ケモモンはいったん降下してアッシュを降ろす。

そしてフェリクスとともに、精霊王に向かって羽ばたいていく。

「俺たちであいつを倒すぞ」

精霊王の心臓の力を用いると、ケモモンとの繋《つな》がりも強くなり、精霊王の力が脈動するのが感じられる。

フェリクスは銀の翼を広げて、ケモモンに覆い被《かぶ》せる。そこに彼我《ひが》の境界というものは存在しない。精霊王を降臨させるというのは、そういうことなのだろう。

人獣一体となって空を駆ける。

やがて地上の人々も彼らの存在に気がつき始めた。それだけ精霊王に近づいたということでもある。

精霊王はこちらの接近を感知したらしく、反転してフェリクスに対峙《たいじ》する。

「ラージャ！　お前の好きにはさせない！」

銀霊族の野望を打ち砕くため、フェリクスは突き進んでいく。

巨大な精霊王が右腕を振るうと、その腕は枝分かれしながら広範囲に広がり、フェリクスを捕らえようと迫ってくる。

「ケモモン、躱《かわ》せ！」

ギリギリのところで回避しつつ、フェリクスは剣を振るう。

銀の刃は精霊王の腕にすっと入り込んでいく。確かな手応えがあった。

（これなら切れる！）

精霊王にも対抗できるだろう。

そしてケモモンも相手に近づいても、ほかの精霊や魔物のように力を奪われることはない。アッシュの宝玉による仕掛けがうまく作動しているようだ。

フェリクスは敵の腕をかいくぐり、やがて胴体に至る。

「食らえ！」

フェリクスは剣に纏《まと》わせた銀の光を解き放つ。

それは精霊王の銀の胴体に深く入り込み、抉《えぐ》り取っていく。これならかなりのダメージを与えたはずだ。

いったん距離を取るフェリクスだが——

「くそ、でかいな」

改めて眺めてみると、表面をほんのわずか抉っただけということがわかる。フェリクスの攻撃にはケモモンによる精霊王の実体化の範囲制限があるため、その範囲外では彼の光も無効なようだ。

そして削れた部分も、すぐに盛り上がって修復が始まってしまう。これでは切っても切ってもキリがない。

精霊王はフェリクスに狙いを定めると、その巨体で襲いかかってくる。

ルドウィンが持っていた精霊王の心臓は今、フェリクスの中にある。取り戻そうとしているのだろう。

それが実現すれば、再び精霊王は元の状態に戻ってしまう。いや、フェリクスが持つ銀の翼をも取り込むことになり、ほとんど完成体となるだろう。

そうなったなら、今度こそ誰にも手がつけられない。

「ケモモン、無理はするな！」

フェリクスが捕らわれないことが最優先だ。

敵の攻撃は激しく、逃げ続けるだけでもかなりの圧が加わる。少し判断を誤れば、人類の未来は暗転してしまう。

数多《あまた》の戦いで剣を振るってきたフェリクスといえども、これほどの緊張感を覚えたのは初めてだ。

やがて正面から精霊王の巨体がのしかかってくる。

「離れろ！　急げ！」

全力で飛行する彼の背後で、激しい衝撃が起きる。

精霊王が倒れ込んだ下では山が消し飛び、地形が変わっていた。あんな攻撃を何度も繰り返されたら、この一帯が荒れ地になってしまう。

ラージャもじれったくなってきたのか、はたまたフェリクスが有効な攻撃手段を持たないことに気づいたのか、積極的に攻めてくるようになった。

フェリクスは振るわれる腕を回避し、放たれる羽根を弾《はじ》き、伸びてきた爪と剣を交える。

「くそ！　こんなんじゃ持たないぞ！」

精霊王の指を切り落としながら、フェリクスは叫ぶ。

地面に落ちた指はムクムクと膨張すると、そこから足が生えて、精霊王の本体へと駆け戻っていく。

消し飛ばさなければ、切っても大きな影響はないようだ。

幾度となく攻防が繰り返され――いや、なかば一方的に攻撃されていたが、精霊王は突如として向きを変えた。その先には――

「シルルカ！」

杖《つえ》を手に取る彼女の隣にはセレーナがいる。

おそらく、セレーナが持つ精霊王の力に反応したのだ。フェリクスよりも先に、そちらから力を奪おうという魂胆か。

なぜシルルカがあんな前線にいるのか。

フェリクスは疑問を覚えつつもそちらに向かっていくが――

精霊王は勢いよく跳躍し、シルルカのところへと落下していく。

「シルルカァアアアアア！」

フェリクスの叫びが響き渡る。パリンと、なにかが割れる音がした。

精霊王が踏み潰した周囲は大きくへこみ、窪地《くぼち》に変わり果てていた。

◇

土煙が上がる中、誰もが精霊王の動向を窺《うかが》っていた。

その中でいち早く動きだしたのは――シルルカであった。

「引っかかりました！　セレーナさん！」

「始めるぞ！」

セレーナが手をかざすと、銀の光を孕《はら》んだ風に乗って動きだすものがある。

オルヴ公国で得た、赤い宝玉の破片だ。オルヴ公が使っていた杖についていたが、降臨の際に砕け散ったものである。

それらが精霊王を取り囲むように位置すると、シルルカは杖を握りしめる。奇妙な模様が刻まれた杖には、大きな宝玉が取り付けられていた。ヴェルンドル王国でアムルから受け取った宝玉と、悪党ロムニスから取り戻した杖、そのどちらも父の遺品である。

これらは精霊王を御するための道具だ。

そして先ほど精霊王が踏み潰した小瓶――アルゲンタムの器をもって、この秘術は完成する。

それは精霊王の力を封じ込めておくためのものであり、オルヴ公国に忍び込んだときに持ってきたものだ。

ラージャは精霊王の力を求めて動いているようだったから、その力をアルゲンタムの器に宿し、幻影の魔導によってそれがセレーナの姿に見えるように仕組んで身代わりとしたのである。

まんまと釣られてくれたと言えよう。

ここまでは順調だ。予定どおりに事は進んでいる。

「いきます！」

シルルカは杖《つえ》を掲げると、精霊王の力を封じる秘術を用いる。

宝玉は光り輝き、銀の輝きを封じ込めていく。

「ヴォオオオオオオオオオ！」

その絶叫は精霊王の怒りか、はたまたラージャの憎悪の声か。

精霊王は片膝をつき、その場で動けなくなった。秘術は成功したと見える。

相手が不完全な実体ゆえになんとか効果は現れたが、急いで拵《こしら》えた術であり、維持できるのは一瞬だ。

「リタさん！　ラージャの場所は!?」

シルルカの求めに応じてリタは狐耳を動かす。

集中すると心音が聞こえてくる。彼女の耳は、どんな小さな音であろうと聞き逃しはしない！

「あそこ！　師匠に伝えて！」

リタの示す先を、シルルカは幻影でマーキングする。

銀の巨体の一点が、赤い幻に染まる。

彼らができるのはここまでだ。精霊王を打ち倒す力なんてありはしない。

だからこそ、二人はありったけの声で叫ぶ。

「団長さん！　やっちゃってください！」

「師匠！　そこです！」

最愛の人であり、人類最強の騎士団長でもある彼に届くように。

二人の見つめる先では、銀の翼が直線的な光の軌跡を残していた。

◇

フェリクスは精霊王目がけてまっすぐに突き進んでいた。

一瞬だけ地上に目を向けると、口元を緩める。

「やってくれたな。まったく、いたずら狐たちだ」

シルルカもリタも、転んでもただでは起きない性格だ。あの精霊王を相手にしてもやり返してしまうとは。

最高の仲間としか言いようがない。

彼らがここまでお膳立てしてくれたのだ。その思いを無駄にしてはならない。

フェリクスがすべきは、この一瞬に全力をかけることだ！

「行くぞラージャ！　覚悟しろ！」

フェリクスはありったけの力を込めて翼を生じさせた。それは彼とケモモンを呑《の》み込み、あたかも一つの塊《かたまり》のようにも見える。

掲げた剣には、とめどなく銀の光が流れ込む。心臓の力によって精霊王の力は循環し、一点に集中する。

ただひたすら、貫くために磨かれた輝きがある。

フェリクスはぐっと剣を握る。

もう精霊王の巨体は目の前に迫っている。もし、ここで深く貫いたときにラージャから逸《そ》れたなら、フェリクスの肉体は取り込まれてしまうだろう。

だが、そんな迷いはない。

シルルカが全力で挑んだのだ。リタが必死に知らせてくれたのだ。なにを戸惑うことがある。なにを躊躇《ちゅうちょ》することがある？

フェリクスは一点を見つめる。

二人の思いを乗せた赤い輝きは、決して消えはしない。ただそれだけを見ていればいい。

「うぉおおおおおおお！」

彼を取り巻く光はいっそう強くなる。

どこまでも気高く、どこまでも激しく。

ケモモンが全力で羽ばたいて最高速に達するとともに、彼の刃は精霊王の体へと食い込んでいった。

直後、上がったのは絶叫。人のものとは思えぬ、怖気《おぞけ》を震《ふる》うほどの冷たい響きであった。

「なんだこれは……!?」

フェリクスは顔をしかめながらも、精霊王の肉体深くへと突き進んでいく。

手応えが変わった。オルヴ公のときと同じだ。

ここがラージャの肉体の在り処《か》ということ。

背後では突き進んできた道が閉じようとしている。再生する過程でフェリクスを閉じ込めて吸収してしまおうとしているのだ。

だが、フェリクスはなおも止まらずに進み続ける。銀の翼で全身を覆っており、しばらくは防げるはずだ。

彼はリタとシルルカを信じて前へと向かう。

そして――

きた。

「捉えたぞ、ラージャ！」

銀の輝きに包まれる中、その男の姿を認めた。

ラージャはぎょろりと剥《む》いた目を向けてくる。もはや正気ではない。一目でそう判断で
「貴様がザルツの言っていた男か」

「そうだ。あんたを倒して俺は平和を取り戻す」

「確かに見事な行いであった」

「俺一人じゃ敵《かな》わなかった。けど、人類には手を取り合う仲間がいる」

彼らがいれば、どんな困難だって乗り越えていける。

フェリクスは光の刃で周囲の肉体を裂きながら、次第にラージャに近づいていく。彼は
フェリクスを見て目を細めた。

直後、フェリクスの剣がラージャの胸を貫いた。

「うぐぅ……！」

その刃を通して拍動が伝わってくる。フェリクスが力を用いれば用いるほどラージャの
鼓動は弱まり、やがては止まるだろう。

「これでお前の野望も終わりだ」

「そうだな。私の野望は潰《つい》えよう。……だが、《我々》の勝利だ」

くっくとラージャは笑った。

すでに彼は死を迎えようとしている。精霊王の実体も制御を失って、まとまっていることができずに崩壊しようとしていた。

それだというのに、拭えないこの不安はなにか。

（……まさか）

フェリクスの顔を見て、ラージャは諦観にも似た表情を浮かべた。

「所詮、私もただの贄《にえ》にすぎない。すべては精霊王を完全な状態にするための駒だ」

ラージャは死んでも、フェリクスさえ飲み込めればいいのだ。

「なぜだ！　なぜそれほどまでに精霊王にこだわる！」

「それは問う相手が違うな、銀翼の騎士よ」

ラージャはひどく虚《うつ》ろな目を向けてくる。

「我々をそのように作ったのは貴様たち人間だ。我々は今もなお、その激情に突き動かされ続けているだけのこと」

「そんなもの、言い訳にすぎない。ここにいるのはあんただ」

「貴様の言うことは間違っていないだろう。だが、生き物はすべて、一人で形作られていくわけではない。他人に流されず、自分の考えだけで貫けるほど、『人』は強くない。私もその頃はまだ人であったということだ」

ラージャは嘆息する。彼が人ではなく銀霊族となったとき、すべては変わってしまったのだろう。

彼はもう一度繰り返した。

「勝利するのは《我々》だ。……あいにくとこちらも一人ではないのでな」

フェリクスが意識を集中させると、ほんのわずかだけ感じられる力が、こちらに近づいてきている。

「ザルツか……！」

「左様。私がお前を呑《の》み込む前に、お前が私を滅するだろう。が、そのときにはすでにあやつが次の精霊王となっている」

ザルツに精霊王が引き継がれたなら、フェリクスは脱出すらままならなくなる。そこまでわかっていて、ラージャは自身の死を選んだのだ。

「させるものか」

フェリクスは心臓の力で魔物を動かしてザルツへと襲いかからせる。すでに先ほどの戦いで満身創痍《まんしんそうい》になっており、あとほんの少し負傷させるだけで、ザルツは動けなくなるだろう。

だが、有象無象《うぞうむぞう》ではザルツを止められない。どれほど血を流そうと、どれほど肉体を失おうと、彼の足は前に進み続ける。

この戦いにかける執念は、これまでとは桁違いであった。

「銀血の栄光を！」

ザルツは血走った目で精霊王へと縋《すが》る。

彼の右腕は肉塊のようにぶくぶくと膨れ上がっており、今となっては胴体まで侵食していた。それにより傷を無理やり塞《ふさ》いで止血したのだろうが、そんなことを続けていては長くは持つまい。

精霊王に辿《たど》り着くか、志なかばで果てるか。その二つの未来しか、ザルツには残されていなかった。

彼の覚悟を改めて知り、ラージャは満足げに頷《うなず》く。

「最後の一人が王になれるならそれでいい」

その言葉の真意は、残るのが誰であろうが、ラージャの意図を引き継いでいくということだろう。

いや、すでにラージャと精霊王の精神は区別がつかなくなっている。その影響を受けたザルツら銀霊族の者たちも同様だ。

だからこそ、ラージャは《我々》と称した。もはや集合体とでも言うべき存在になっていたから。

しかし、フェリクスは力強くラージャを睨《にら》みつける。

「俺たちだって、皆が平和を望んでいる。誰か一人でも、その平和に辿《たど》り着いてくれればいいと思いながら戦ってきた」

「なにを――」

「悪いが、あんたの仲間より、俺の仲間のほうがずっと強い。そうだろ、ポポルン！」

フェリクスが言うや否や、ザルツが遠くへと突き飛ばされていった。

精霊王の心臓による力で繋《つな》がりが強化された今、相棒ポポルンの動きは手に取るようにわかる。精霊王の攻撃すら軽々と回避しているようだ。

ラージャの精霊王に吞《の》み込まれないようにシルルカから細工を施してもらったらしく、心配も遠慮もなく戦うことができていた。

「まだ……まだだ！　くたばってたまるか！」

ザルツは歯を食いしばり、精霊王へと右腕を伸ばすが、ポポルンはあっさりとそれを防いでしまう。

もはや彼にはなすすべはなかった。

ラージャは歯ぎしりの音を響かせる。

「ポッポ鳥風情《ふぜい》が、この計画を止めようなどというのか！」

「そのポッポ鳥にあんたは負けるんだ。さあ、観念しろ」

フェリクスは強く剣を握る。

銀の光はとめどなく溢《あふ》れて、ラージャの中へと注ぎ込まれていく。

「くっ……こんなとこで終わるわけにはいかない！」

「終わるんだ。俺たちが終わらせる。あんたの数百年の野望もここまでだ！」

「そのような未来など認めぬ！」

「ああ。だからあんたを倒して、俺たちは新しい未来に向かう！　俺がこの手で変えていくんだ！」

フェリクスは剣を振り抜いた。

瞬間、銀の嵐が吹き荒れる。それは激しくも、どこか穏やかであった。

その輝きの中、ラージャの姿が消えていく。数百年の思いは今ここで潰《つい》えるのだ。

その行いはある意味では、人の傲慢《ごうまん》なのかもしれない。勝手に生み出して、身勝手に使い捨てるのだから。

「あんたも被害者だったのかもしれない。けど、この恨みは次代に残しちゃいけないものだ。……安らかに眠れ」

フェリクスは銀霊族の王に、ささやかな祈りを捧げた。

精霊王の姿は瓦解《がかい》し、周囲に銀の粒子を散らしながら舞い落ちる。それはあたかも雪が降っているかのよう。

人も魔人も、皆がその光景から目が離せなくなっていた。人類と魔人の歴史が変わった瞬間だった。

周囲の様子が明らかになると、フェリクスは真っ先にシルルカとリタの姿を探した。遠く離れたところで、こちらに向かって手を振っているのがわかる。どうやら無事だったようだ。

「約束どおり、倒して戻ってきたぞ」

フェリクスは二人にぐっと握り拳を見せる。

もはや精霊王はこの地上に実体を持たない。数百年にわたる銀霊族の野望は、ここで潰《つい》えたのだった。

◇

地上に到着したフェリクスはケモモンから下りる。

今回の戦いではとても世話になった。

「助かったよ」

ケモモンを労《ねぎら》うのだが、その獣はお腹《なか》が空《す》いたようで、お腹を鳴らしていた。なんとも気が抜ける態度である。これにはフェリクスも思わず笑ってしまう。

そして彼のところに駆け寄ってくる者たちがいる。シルルカとリタ、それからアッシュとキララだ。

先頭を勢いよく走るのはアッシュである。彼は疾風騎士の異名を持つだけあって移動は速いが、今日はいつも以上だ。

よほど精霊王を倒したのが嬉《うれ》しかったと見える。

フェリクスは銀翼騎士団長として彼を迎える。

「おう、アッシュ。ラージャを倒した——」

「ケモモン！　無事でなによりです！」

アッシュはフェリクスの横を素通りして、ケモモンを抱きしめた。

「お疲れさまでした。よく団長を乗せて無事でしたね」

「その言い方だと、俺が酷使していたように聞こえるんだが」

「ええ、そうですか。大変でしたね。すぐに今日の夕食を準備しますね」

「……俺の話聞いてる？」

もはやアッシュはケモモンに首ったけである。

(俺はボロボロになってもいいからケモモンに無理をさせるなって言ってたの、もしかして本気だったんだろうか)

フェリクスがそんなことを考えていると、肩に重みを感じた。ポポルンが戻ってきたのである。

この頼もしい守護精霊にはまたしても助けられた。

「お疲れさま。おかげで命拾いしたよ」

「ポッポ」

ポポルンは上機嫌にフェリクスの肩の上で体を揺らすのだった。

それからシルルカとリタ、キララがやってくる。

「団長さん！　無事でよかったです！」

「師匠、かっこよかったです！」

二人が飛びついてくるのを、フェリクスは受け止める。

「まさか精霊王を制御する方法を準備してるなんて思わなかったよ」

「ふふ、団長さんだけにかっこいい姿はさせられませんからね」

「リタも頑張りました！」

「本当に優秀な耳だな」

フェリクスが狐耳を撫《な》でると、リタは目を細めてはにかみながら、赤い尻尾を揺らすのである。

「そういえば、どうやってラージャの精霊王を誘導したんだ？　幻影だけだったら、見破られるだろ？」

アルゲンタムの器は精霊王の力を入れておくことができるが、どこかから精霊王の力を持ってこないと話にならない。

シルルカは離れたところにいるヴォークを杖《つえ》で指し示した。

「ヴォークさんの精霊王の力をもらいました。団長さんが銀霊族の都に行っている間に、東からやってきた魔人を倒して奪っていたんです」

「なるほど。……ヴォークはそれでいいのか？」

せっかく手に入れた精霊王の力をあっさり手放すとは。

その力を巡って、魔人や人がこんなにも争い合っているというのに、興味がないのだろうか。

「そんな力を持っていたら、何者かに狙われかねないし、夜も眠れなくなるので、いらないとのことでした」

「そりゃごもっとも。……いや待て、俺はずっとその状態なんだが」

「まあ、団長さんは簡単にはやられませんからね」

「師匠は強いんです！」

「褒め言葉として受け取っておくよ」

それからフェリクスはふと、騎士団のほうに目を向けた。

ラージャと精霊王を倒してから、張り詰めていた緊張感を解くためにこうして話をしていたが、そろそろ仕事をしなければならない。

敵を倒したとはいえ、周囲は荒れ放題だし、連合軍には負傷者がたくさんいる。

セレーナはすでにオルヴ公国の部隊に戻って指揮を執っているし、ヴォークはディーナ姫の部隊でせっせと戦後の処理をしていた。

「たとえ勝っても、戦争は厄介なんだよな。戦後の報酬で揉《も》めに揉めるから」

誰がどんな武勲を立てたとか、あの領地は誰が得るべきだとか。

フェリクスとしてはあまり興味がないのだが、騎士団長の身分である以上、団員たちのために正当な報酬は請求しなければならない。

が、やはりいつもどおりのフェリクスである。

「今回は俺も疲れたし、そういうのはアッシュに任せよう」

すっかり安心してケモモンと戯《たわむ》れていたアッシュであるが、そういう言葉だけは耳聡《みみざと》く聞いているらしく、眉をひそめた。

「今回に限らず、いつものことじゃないですか」

「適材適所ってやつさ」

「まあ、団長は精霊王を倒した功績もあり、各方面に引っ張りだこで相当忙しくなるでしょうからね。私がなんとかしますよ」

忙しくなるのは嫌だなあ、と思うフェリクスである。だが、そんな平和な仕事に追われるなら悪くはないかもしれない。

キララはアッシュに寄り添うと、

「私も一緒に手伝ってあげるわ」

なんて言いながら、彼の手を握るのだった。

アッシュもまんざらではない様子である。

「そういえば、ザルツはどうなったんだ？」

「自害しましたよ」

シルルカはあっさりと告げる。

敵とはいえ、フェリクスも思うところがある。戦死ならまだしも、自害は納得のいく最期ではないだろう。

目撃していたシルルカの話では、ポポルンに倒されたあとは立ち上がることすらできず、衰弱した様子だったらしい。

ザルツは精霊王をその身に宿すなど度重なる体の酷使をしてきたため、精霊王と一体化しなければ、残りの寿命はわずかだったのかもしれない。

「生きていたとしても、この先に待っているのは地獄でしょうから、これでよかったのかもしれませんね」

銀霊族が敗北したあとの世界は、彼には耐えられないものだろう。おそらく、この敗戦に責任を感じて生涯苦しみ続けることになる。

その生涯もきっと長くはなかったろうが。

戦犯として、断罪される可能性が高いのだから。

「銀霊族の対応も考えないとな」

「ええ。都はどうでしたか？」

「普通だな。俺たちが住んでいる町と変わらない。魔人と言っても、普通の民がいるだけさ。戦争を起こしたのはラージャたちで、大勢が望んでいたわけでもない」

彼ら全員を厳しく罰するのは、あまりにも酷だろう。

アッシュは少し考えてから今後の方針を口にした。

「では、できるだけ穏やかに戦後の処理を進めましょう。彼らを罰しても、次の世代に遺恨が生じるだけですから」

「それがいいな」

「もちろん、全員無罪放免とはいきませんし、指導者たちには責任を取ってもらうことになりますが」

「仕方ないだろうな。そこはもう俺がどうこういうことじゃない」

あとは国や連合軍としての判断になる。もはや戦闘を生業《なりわい》としている騎士団長の領分ではない。

なにはともあれ、これでひとまず戦《いくさ》は終わった。フェリクスの力が必要な場面はもう多くないだろう。

「さて、俺たちも帰り支度をするか」

フェリクスはようやく一息つく。

そして銀霊族の都がある方角を見ながら剣を抜いた。

（ルドウィン元団長。俺は……この世界を変えていくぞ）

夜嵐騎士団から受け継がれた白銀の刃《やいば》は曇りなく輝いていた。

◇

銀霊族との戦争から数日後。

戦を主導していた大司教が、精霊王を奪われるような大失態を演じたこともあり、事態はなかなか収拾がつかなかったが、精霊教正教派の者たちがおとなしくなったため、積極的に魔人討伐を訴える者もいなかった。

元々戦で得られる領土はたいしたものではなく、各国の兵たちも、世界の平和を守る名目の下《もと》に集まっていたにすぎない。それゆえに戦が終わるなり、さっさと帰ってしまった者も少なくなかった。

フェリクスも彼らと同様に、ジェレム王国に帰還しようと早々に準備を進めたのだが、銀霊族との交渉に関して当事者がいたほうがいいだろうと、戦地にとどめられていたのが先日までのことである。

そして今日、待ちに待った帰還の日がやってきた。

「終わってみれば、呆気《あっけ》なかったな」

手綱《たづな》を取り、馬車に揺られながら、フェリクスは呟《つぶや》く。

車体は普段乗っているような安物とは異なり、王侯貴族たちが使うような飾りをあしらった立派な代物だ。

フェリクスたちのために用意されたものである。

シルルカは彼の隣で疑問を呈した。

「倒すまではあっさりでしたが、そのあとが長くなかったですか？　ほかの部隊はあっという間に帰ったのに、私たちだけ残されるなんて、ずるいと思いませんでした？」

「確かにそれはそうだが……おかげで立派な馬車も用意してもらえただろ。それとも、ずっと馬に乗っていくのがよかったか？」

「お尻が痛くなっちゃいますよ。そもそも、リタさんは馬に乗れませんし」

「そんなことないよ！　リタは騎士だからね。かっこよく乗りこなしちゃうんだから！」

「はいはい。ラクダから転げ落ちたのは誰ですか？」

「え、誰かな？」

「だからリタさんですってば」

もう忘れたのか、そもそも転がり落ちたとは思っていなかったのか。リタは首を傾《かし》げていた。

賑《にぎ》やかな三人は、そんなたわいない会話をしながらジェレム王国に向かっている。隣の馬車を見れば、アッシュとキララが仲良く乗っている。

「ねえアッシュ。凱旋《がいせん》するのにこの格好で大丈夫かしら？」

キララは自分の衣服を気にしていた。

ジェレム王国では、フェリクスの活躍を称《たた》えて凱旋祝いを行うことになっていた。なんでも、王トスカラが大喜びだとか。

フェリクスも民を安心させるためなら、と引き受けたのだが、沿道を見れば人垣ができている。こんな大々的にやるとは聞いていなかったので、困惑するばかりであった。

キララに服の感想を尋ねられたアッシュは彼女をまじまじと眺める。キララはすっかり赤くなった。

「まあ、薄汚れていてもいつものキララさんですからね」

「どういう意味よ！」

「どんな格好でも魅力的ということです」

「そ、そうかしら……？」

すっかり流されてしまうキララだった。

シルルカとリタは顔を見合わせた。

「悪い男に騙《だま》されてますね」

「キララちゃん、可哀想だね」

「ちょっと！　聞こえてるからね！」

「おっと、これは口が滑りました」

パッと口を押さえるシルルカである。

一方で、キララにも言い分がある。

「アッシュだって、いいところはあるんだからね！」

「そんなに褒められるとは光栄ですね」

「アッシュに言ってるんじゃないからね。素直に受け取らないで、悪い男って言われないようにしてよ」

「ええ、気をつけます」

仲のいい二人である。

その馬車の中は幸せな空気でいっぱいだった。

「それはそれとして……おめかししないとですね」

シルルカはフェリクスのところに行くと、彼の顔を布でゴシゴシと拭き始める。

「雑巾がけじゃないんだから、もうちょっと優しくしてくれよ」

「ちょっとやそっとじゃ傷つきませんよ。大丈夫です。私が保証します」

「いや、俺の顔なんだけど」

「はい。かっこよくしてあげますからね」

　シルルカはフェリクスの顔をじっくりと見て微笑《ほほえ》む。それから化粧道具を使ったり、幻影の魔導をかけたり、いろいろと手を加える。

「城に行くまでの間だろ？　そんなに気合いを入れなくていいんじゃないか？」

「ダメですよ。素敵なところを見せないと民もがっかりしてしまいます」

「がっかりって……ひどいな。俺の顔だぞ」

「ええ、いつも素敵ですよ」

　シルルカが耳打ちするように言うので、フェリクスはつい顔を逸《そ》らしてしまった。

（……ん？　いつも素敵ということは、やっぱり特に気合いを入れなくていいんじゃないか？）

　そう思うフェリクスだったが、シルルカが楽しそうなので、されるがままになっていることにした。

「あ、リタもお化粧します！」

「ちょっと待っていてくださいね。リタさんが自分でやったらお化けになっちゃいます」

「そんなことないよ！」

「可愛くしてあげますから」

「じゃあ待ってるね。変な顔にしないでよ？」

「リタさんは変な顔でも可愛いですよ」

「えへへ。そうかな？　……って、変な顔じゃないよ！」

「わかってますって」

シルルカはそんな可愛いリタにも化粧をしてあげるのだった。

三人はそうして凱旋《がいせん》祝いに臨む。

ジェレム王国の辺境から中心部に来るにつれて、沿道で見守る人々の姿が増えてくる。

竜魔王を倒したときもそうだったが、不安から解放された民の表情は明るい。

それだけでも戦ったかいがあったとフェリクスは思うのだ。

王都に辿《たど》り着くと、大歓声で迎えられる。

「カルディア騎士団バンザイ！」

フェリクスたちの姿を一目見ようと押しかけた民で通りはごった返している。この人垣は王城までずっと続いているようだ。

「ほら、団長さん。手を振ってあげましょうよ」

シルルカに促されて、フェリクスは軽く手を振ってみる。隣のリタは元気に両手を上げていた。

見渡す限り、人の数だけ笑顔がある。

今度こそ戦《いくさ》は終わったのだと、フェリクスは感じるのだった。

「そうだ。戦ったのは俺たちだけじゃない。民に英雄をお披露目しようか」

フェリクスはポポルンを呼び出した。

そのポッポ鳥は彼の肩に止まると、胸を張ってピシッと姿勢を正すのである。

「あ、そっか。クーコも呼ばないとね」

「別にクーコは戦ってなくないか……？」

今回の銀霊族との戦いには参加していなかったはず。

だが、リタはお構いなしに呼び出した。

炎とともに現れたクーコは、リタの膝の上に乗っかりながら辺りを見回す。大観衆がいることを確認した後――

「くぁああ……」

欠伸《あくび》をして寝てしまった。緊張する様子なんてちっともありゃしない。

「ほんとマイペースだな」

「リタさんにそっくりですよね」

「えへへ。可愛いでしょ」

「そういう意味じゃないんですが……まあクーコは可愛いですね」

民の前でも相変わらずの三人である。

平和になった世ではこれくらいでちょうどいいのかもしれない。

隣のアッシュはどうしているだろうかと見てみると、ケモモンが目に入る。こちらもお披露目のために呼び出したところだった。

ケモモンは馬車のアッシュとキララの隣の座席に座ろうとしている。

（……お行儀いいなケモモン！）

アッシュが自慢するだけある。

ただしケモモンの巨体でアッシュとキララは隅に押しやられて、ぎゅうぎゅう詰めになっているのだが。

キララはアッシュに呆《あき》れた顔を向ける。

「ねえアッシュ。この状況で言うことはないの？」

「ケモモンはふかふかですよね」

「そういうことじゃないわ！」

「では、こうしましょう。少しは余裕ができますよ」

アッシュがキララの肩を抱く。

これで少しはスペースができるのだが……。

「えっと、アッシュ、その……」

キララはすっかり顔を赤くして、まったく余裕がなくなってしまう。

そしてケモモンを乗せた馬車を引く馬も、あまりの重さに顔を赤くして必死で引いているのだった。

（馬も可哀想にな）

フェリクスは苦笑いするばかりであった。

王城に辿《たど》り着くと、国王トスカラ陛下に謁見《えっけん》することになる。アッシュとキララは仕事があったため、まずはフェリクスたち三人だけで向かう。

もっとも、その仕事というのは行進に疲れたケモモンへの餌やりなのだが。アッシュにとっては主君よりケモモンのほうが大事なのである。ポポルンとクーコも主人より餌のほうがよかったので、そちらに行ってしまった。

三人が謁見の間《ま》に入るなり、うわずった声が上がった。

「フェリクス殿！　よくやってくれた。信じておったぞ！」

王トスカラは興奮気味に椅子から立ち上がるも、側近たちに落ち着くように促されて、座り直した。

「此度《こたび》の戦《いくさ》に勝利できたのも、貴公のおかげだ。真《まこと》に感謝している」

「皆の力があってこその勝利です」

「うむ。私はカルディア騎士団が誇らしいぞ」

これほどの成果を上げた騎士団は歴史上類を見ないため、王トスカラの感想ももっともである。

リタもシルルカも、「私のおかげだよね」「大活躍でしたもんね」などと言っているが、そちらには構わずフェリクスは話を続ける。

「大きな被害が出ることなく終戦を迎えられたことはなにより喜ばしいです」

「そうだな。して、精霊王の力はどうなった？」

フェリクスが周囲を窺《うかが》うそぶりを見せると、王は人払いをする。

関係者だけになると、フェリクスは遮音の魔術を用いつつ告げる。

「すべて、この手の中にございます」

銀霊族と大司教が持っていたものをフェリクスが独占した形になる。

さすがにこの事実が公表されたなら、世界中がジェレム王国を——いや、フェリクスという国家を凌《しの》ぐ絶大な力を持つ個人を、警戒することになる。

「私が保持していることが判明すれば、各国から暗殺者が仕向けられるでしょう」

「その力さえあれば……どんな弱き者であろうと、地上の覇者《はしゃ》になれる可能性が出てくるからな」

「ええ。それゆえに恐ろしい力です」

「現在は調査中としているが……今後はどうする？」

いつまでも秘匿《ひとく》しているわけにもいかない。隠し続ければ、それは暗にフェリクスが持っていると公言するも同然となる。

フェリクスはシルルカ、リタと顔を見合わせて頷《うなず》き合った。

そして王に向き直る。

「竜魔王討伐が終わったときのことを覚えていらっしゃいますか？」

「うむ。あのときフェリクス殿は騎士団をやめると言い出して、私も面食らったものだ」

「そうでしたね」

「まさか、あのような冗談を口にするとはな」

「あのときも本気でしたよ。というわけで、今こそ騎士団を辞めようかと思います」

王トスカラは時が止まったかのように硬直する。

ややあって、カッと目を見開いた。

「な、なんだとおおおおおおお！」

遮音の魔術を使っていなければ、城中の家臣が駆けつけたことだろう。シルルカとリタは思わず狐耳を押さえてしまった。

王は息を荒らげて目を白黒させながら、震える声を出す。

「な、なにを言っているのかね」

「戦《いくさ》のなくなった時代に私の力は不要でしょう。ジェレム王国が精霊王の力を独占しているとわかれば、新たに戦争の火種になりましょう」

「しかし……貴公はどうする。それでは、ただ一人でその運命を受け入れるというのか」

すかさずシルルカとリタが告げる。

「一人ではありませんよ」

「そうだよ。リタがいます！」

「ああ、そうであったな。貴公はいつもそうだった」

フェリクスは一人ではない。きっと、どんな未来を選んだとしても。

やがて彼は今後の計画を話し始める。

「セイレン海の大精霊とすでに話は済ませております。精霊王の力は、この世界の大地と海に帰そうかと思います。もはや集めることも不可能な程度に薄めて世界各地に流すのです。それにより大地は力を得て豊かになるでしょう」

「そうか。決意は固いのだな」

「ええ。もう決めたことです」

フェリクスは頷《うなず》く。

王トスカラはじっとフェリクスを見つめる。もはやただ一国の王では、彼の決断を止めることはできないだろう。

「相わかった。だが、必ずこのジェレム王国に戻ると約束してくれ」

「承知いたしました。世界中を旅して、いずれ精霊王の力がなくなったとき、もう一度ジェレム王国に戻ってきましょう。そのときにはきっと、私の剣は必要なくなっていると思いますが」

「そう願いたいが、現実は難しいだろうな。諍《いさか》いが完全になくなるには、人という生き物は少々強欲が過ぎる」

「そうかもしれませんね」

きっと、これからも人々は小さな諍いを重ねることだろう。それでも民は平和を願い続けるに違いない。

王トスカラは少し考え込んでから口を開く。

「とはいえ、団長が不在では銀翼騎士団も成り立たぬ」

「アッシュが担《にな》ってくれるでしょう」

「そこに『銀翼』がないのでは、もはや別の騎士団だ。アッシュを団長とした別の団とするとしよう。名前はなにがよいか。いや、そこはアッシュに任せるべきか」

真剣に悩み始める国王である。

シルルカは思わず苦笑いする。

「アッシュさんに任せたらケモモン騎士団とかになると思いますよ」

「それも一興か」

「団員は笑えないと思いますが……」

騎士団全体があのおっとりした獣の印象を受けてしまうのだ。戸惑わずにはいられないだろう。

フェリクスはぽんと手を打った。

「元が銀翼なんだから、銀ケモ騎士団とかでどうだ？　ケモモンも銀色だし、似たようなもんだろ？」

「いくらなんでも、その名前はないです」

「師匠、それはちょっと……」

リタにまで言われるなんて。

フェリクスは肩を落としてしまった。

(そういえば、ケモモンも銀の翼が生えたし、そのままでいいんじゃ？)

フェリクスがそう思うや否や、王トスカラは、たった今名案を思いついたとばかりに手を打った。

「良い名前だ。銀翼騎士団の団員たちは銀ケモ騎士団に引き継ごう。平和になった世に剣は不要だと旅立つフェリクス殿の思いを止めるわけにはいかない。これまでの戦果を称《たた》え、銀翼騎士団は名誉職として残しておき、団長をフェリクス、団員をシルルカ、リタとする三名のみの騎士団としよう。未来永劫《みらいえいごう》、銀翼騎士団は不滅である！」

王は快活に言って笑う。

フェリクスは騎士団を辞めると話していたのだが……。

「どうしてそうなるんですか？」

竜魔王討伐のときも、このように煙に巻かれてしまったのだ。まさか、またしてもこんな流れになるとは。

フェリクスの疑問に王は答えず、代わりにとっておきの台詞《せりふ》を口にした。

「この提案を引き受けると、退職金として一生分の旅費が支給されることになるぞ」

「くっ……その取引はずるいですよ！」

またしても報酬に釣られてしまうフェリクスである。

シルルカとリタもこれには笑顔になる。

「陛下はすっかり、団長さんの扱いを心得ていられますね」

「うんうん。たくさんおいしいものが食べられるね！」

はしゃいでいたリタであるが、はっとして狐耳をピンと立てた。

「騎士になっちゃった！」

「おめでとうございますリタさん。ようやく念願の騎士になれましたね。三人しかいない騎士団ですが」

「どうしよう、ファンが増えちゃう！」

「元々いなかったのでは……？」

シルルカの突っ込みなど耳に入らないようで、リタは浮かれきっている。

その喜びようを見ていたら、フェリクスも水を差すことはできない。

「……陛下、こうなることをわかっていておっしゃいましたね？」

「はて、なんのことか」

とぼける王様である。

彼は案外、やり手なのかもしれない。あるいは、フェリクスを手元に置いておくために全力を使っているのか。

なんにせよ、フェリクスはまだ騎士団長を辞めることはできないらしい。

「それでは陛下、これまで長らくお世話になりました」

「今生《こんじょう》の別れみたいに言うでない。いつでも気軽に戻ってくるといい」

「そうします。また戻りますね」

「うむ。行くがよい、銀翼騎士団よ」

そしてフェリクスは歩きだす。

今度は精霊王の力を各地に分け与える旅だ。戦いが目的ではないから、これまでよりは落ち着いた日々になるだろう。

とはいえ、各地には小さな問題も山積みだから、それを解決していこう。

気合いを入れる彼の隣でシルルカがぼそりと呟《つぶや》く。

「まあ、出立するのは王都で雑務を片づけた後なんですけどね」

「締まらないこと言うなよ」

「失礼しました」

こんなところも銀翼騎士団らしい。

三人は謁見《えっけん》の間《ま》を出て、騎士団員たちと会って仕事をする。それが終わったら、ようやく旅が始まるのだ。

そのときのことを考えると胸が躍る。今度はどんな土地が待っているだろうか。

三人の旅はまだ終わらない。

エピローグ

オルヴ公国の大地は荒れていた。

銀霊族の都に最も近かったため、精霊王のみならず、大量の魔物が踏み荒らしてしまったからだ。

倒木や魔物の死骸の除去が追いついていない場所もあった。

そんな国土を上空から眺める者たちがいる。

「ひゃっはあ！　こいつはいい眺めだ！」

飛行船の中で大きな声を上げるのは蛇蝎騎士団の団長ボルドである。その後ろにはガタガタと震える副団長ミーアがいる。

「ボルド団長！　お、おお落ちてしまいます！」

「馬鹿野郎！　俺様が作ったものがそう簡単に落ちてたまるか！」

そういうボルドであるが、「試運転はたっぷり行ったからな！」とつけ足すので、いまいち格好がつかない。

そんな二人を尻目に、黙々と操縦に集中するのはセレーナである。

「そろそろ目的地の上空だ。準備はいいか？」

眼下には広大な荒れ地が存在している。精霊王が通った跡だ。

そこに存在していた精霊たちは精霊王に取り込まれてしまったため、このままではどれほど時間がたとうとも決して豊かな大地にはならない。

そこでボルドは巨大な袋を取り出した。

「こいつをばらまきゃいい。あっという間に大地も元気モリモリよ！」

「いったい、なにが入ってるんだ？」

「そいつは秘密ってもんよ！　できる男には秘密はつきもんと相場が決まってる！」

とはいえ、セレーナもおおかた想像はつく。

荒れた土地をどうすればいいかとアッシュに相談したところ、この男がやってきたのだ。おそらく、精霊王の力でなんとかするのだろう。

「行くぜ！」

ボルドは勇ましく宣言する。

そして持っていた巨大な袋をミーアに手渡した。

「……はい？」

「『はい？』じゃねえだろ！　撒《ま》くんだよ！」

「ふ、船から身を乗り出してですか!?　お、おお落っこちてしまいます！」

「だから お前に渡したんだろうが！　俺様が落ちないように！」

「そ、そんな！」

ミーアはブルブルと震えながらも、勇気を振り絞ってなんとか飛行船から身を乗り出す。地上ははるか遠くだ。

真っ青になったミーアは、蛇の尻尾をボルドにぐるぐると巻きつけた。

「ぎゃあああ！　なにしやがる！」

「お、落ちないようにしました！」

「馬鹿野郎！　俺様まで落ちるじゃねえか！　離せ！」

二人がドタバタして落ちそうになっているのを見て、操縦席のセレーナはため息をついた。

（……こんな連中に頼らなければならないとはな）

「貸せ」

セレーナが告げると、ボルドとミーアは素直に袋を渡して、ほっと一息ついた。

二人から袋を受け取ったセレーナは、その口を開いて片手を添える。すると、ふんわりと柔らかい風が吹いた。

風は中に入っていた粉を散らしていく。

キラキラと輝くそれは、大地に広がって消えた。

セレーナにははっきりとはわからなかったが、精霊たちの声が聞こえた気がした。

「この礼はいずれしよう」

「いらねえぞ。どうせあのアホ団長が無償でやってることだから」

「なるほど。……また助けられたな」

セレーナはフェリクスの姿を思い浮かべる。

彼になにか礼をしたいと言っても、きっと断られるだろう。当然の行いをしただけだと。

きっと、それよりも民のために尽くせと言うに違いない。

(この国でやることはたくさんある)

大司教が精霊王を失ったという事実により、精霊教正教派は求心力を失いつつある。それは少なからず、このオルヴ公国にも影響を及ぼすだろう。

オルヴ公国は精霊王降臨の地として親しまれており、観光産業を中心に発展してきた国である。

しかし、二度目の精霊王降臨は少なくともいい方向には作用しないだろう。

(こんなときこそ、私がしっかりしなければ)

この国が混乱している今だからこそ、資産を狙って甘い話を持ちかけてくる輩《やから》もいるはずだ。司祭たちの多くはこの状況に右往左往している。国を売る者が出てきてもおかしくはない。

戦いは剣だけでするものではないということを、セレーナもよくわかった。これからは弁舌を武器に、為政者たちと渡り合っていかなければ。

「次にお前が来るときまでに、もっといい国にしてみせる」

ジェレム王国のほうを見ながら、セレーナは誓うのだった。

◇

ホルム国は春を迎えてなお雪が積もっていた。

氷の大精霊がいるため気温が低いこの土地では雪解けが非常に遅い。今年は精霊王の影響を受けて氷の大精霊が活性化したこともあって、ほとんど冬といっても差し支えない状況だ。

次第に寒冷化の影響は弱まると言われているが、まだまだ暖かな日は遠そうだ。けれど、国民たちは憂えておらず、日々を希望とともに生きていた。

ディーナ姫は首都の屋敷に戻ってくると、穏やかな毎日を過ごしていた。今は鎧《よろい》を纏《まと》うこともなく、王族らしいドレス姿である。

戦《いくさ》が終わってからずっと、人に会うこともなく屋敷内で生活していた彼女だが、今日は訪問者があった。

訪問を知らせるベルが鳴ると、ディーナ姫はそちらに向かっていく。普段はメイドたちに任せていたが、なぜか今日は自分で対応したい気分だった。

「はい。どなたでしょうか」

扉を開けた彼女の前に立っていたのは大男である。

ディーナ姫は我が目を疑いながら呟《つぶや》く。

「ヴォーク様」

「姫様、突然の訪問をお許しください」

「いつでも歓迎いたします。ですが……お仕事はよろしいのですか？」

「なにせ、クビになってしまったものでして」

ヴォークは頬をかく。

銀翼騎士団の団員たちはアッシュに引き継がれることになった。事実上、彼が銀翼騎士団を指揮していたから、これまでとなんら変わらない。

それゆえに大多数の兵たちは新騎士団に所属することになった。フェリクスが「俺の人望とはいったい」と嘆くほどである。

が、ごく少数、銀翼騎士団ではなくなるのなら、と離職した者たちもいる。ヴォークもその一人であった。

もちろん、彼は銀翼騎士団に憧れていたわけではないし、ましてフェリクスに忠誠を誓った身でもない。

ただ、前に進むのにいい機会だと思っただけである。

「各地の魔人を倒したら、そのときはまたホルム国に来ると伝えていたのを覚えておいでですか？」

「もちろん、忘れはしませんよ。そのときをずっと、心待ちにしておりましたから」

「銀翼騎士団のヴォークとしての使命は果たしました。今は何者でもない無職となってしまいましたが……」

ヴォークはディーナ姫の手を取る。

「よろしければ、私とともに生きてはくださいませんか？」

「はい！　よろしくお願いします」

ディーナ姫は彼の手を握りしめる。

ここから二人の物語は再び始まるのだ。雪解けはもうすぐである。

◇

キララとアッシュはシルフ精霊域に来ていた。

先ほど風の大精霊が住まう精霊殿を訪問し、銀霊族に関する顛末《てんまつ》を報告してきたところだ。

空に浮かぶ小島から地上に続く透明な階段を二人はゆっくり下りていく。あの精霊殿に行けるのは、大精霊への報告を除けば結婚式くらいだ。

だから、このシルフ精霊域を訪れる機会は当分来ないだろう。

新団長となることが決定したアッシュは、これからますます忙しくなる。個人として自由に使える時間も少なくなるに違いない。

出張はともかく、こうした旅行には気軽に行けなくなる。

――言うなら今しかない。

キララは意を決して、彼との距離を縮めた。

「ねえ、アッシュ。最初に一緒に来た人といい関係になれるって噂《うわさ》、覚えてる？」

ここに来たとき、シルルカやリタに話したのだ。

あれからもう一年近くたつ。アッシュとの関係も変わってきた。二人で一緒にいる時間も随分と長くなったものだ。

アッシュは懐かしむそぶりもなく、キララにあっさりと返す。

「そんな話もしていましたね」

「信じてないの？」

「ええ、まあ」

素直に受け取ればいいのに、彼は妙に現実的なところがある。

キララはちょっぴりふて腐れる。

「でも、私とアッシュもいい関係になれたじゃない」

「それは違いますよ」

「え……？」

そう思っていたのは自分だけだったのか。

キララが不安になった直後、アッシュは優しい顔を見せる。

「ここに一緒に来る人とは、元からいい関係なんですよ。因果関係が間違っています」

「夢がないことを言うのね」

「そうですかね。私とキララさんも、ということを言いたかったのですが」

最初からずっと、彼はそう思っていたなんて。やっぱり、アッシュはいつもずるい。

キララは顔を赤らめる。

アッシュはそんな彼女に笑みを向け、片膝《かたひざ》をついた。

「さて、式を挙げると幸せになれるという話もありました。本当でしょうかね」

「そうね、試してみないとね！」

「では、そうしましょうか」

キララはアッシュの手をぎゅっと握りしめる。

風の精霊たちは二人の未来を祝福していた。

◇

王都を出てから山のほうへ向かうことしばらく。

フェリクスたちはコルク村に続く山道を歩いていた。精霊王の力を各地に与えるために旅立ったのである。

「懐かしいな。ここから俺たちの旅も始まったんだよな」

「あのときのこと覚えてます？　いきなり団長さんに連れ去られたと思ったら、山歩きをさせられたんですよ」

「すまん。あのときはつい、勢いで決めてしまったから」

「まったく、仕方ない団長さんですね」

シルルカはそう言いつつも、こうして旅についてきてくれる。リタはそのときはいなかったから、二人の顔を交互に見比べていた。

これから向かう先は、基本的にあまり豊かではない土地になる。

精霊王の遺体が活性化し、各地で暴れたせいで、土地の力が失われたところは多い。今度の旅ではそうした場所に行って、力を分け与えていくのだ。いや、本来の姿に戻していくといったほうが正しいか。

そのため楽しい旅ではないかもしれない。

「今も力は使ってるんですか？」

「ああ。少しずつ土地に還元しているところだ」

「精霊王の力、使うほどになくなっちゃいますね」

「ないほうがいいだろ、こんな物騒なもの」

「それがなくても、団長さんは団長さんですからね」

「師匠は精霊王の力なんかなくても強いんです！」

微量に流し続けているから、バラバラになった遺体が復活したときとは違って、もう二度と回収することはできないだろう。

だが、それでいいと思う。もう精霊王の話は終わったのだ。

やがて三人がコルク村に立ち寄ると、以前に来たときとは違って活気がある。

「なんだか賑《にぎ》やかですね」

「作物が取れたみたいです！　おいしそう！」

リタは狐耳を動かして話を集める。

今は宿場として旅人をもてなすための料理も提供しているらしい。少しずつ、この道を使う旅人も増えてきているそうだ。

フェリクスたちも料理を食べてみることにした。

「以前はなにを食べたんだっけか」

「揚げ芋と芋餅とふかした芋でしたね」

「そうだった。あとスープとサラダとグラタンもあったな」

「全部ただの芋でしたけどね」

そんな話をしていると、次々と料理が運ばれてくる。

パンやスープ、肉を焼いたものなど簡単な料理ではあるが――

「まさか普通の食事が出てくるなんて」

感動するシルルカである。

以前は芋しかなかった村だが、一年たって、少しばかり裕福になったらしい。

「元々荒れ地でしたし、精霊王の力を与えるにはちょうどいいかと思いましたが……これだと逆に期待外れかもしれませんね」

「いや、荒れ地ではなかっただろ。芋しかなかったけど」

「似たようなものじゃないですか」

「さすがに一緒にするなよ」

笑うフェリクスである。

けれど、やはりここのメインは『コルクの宝石』――赤い芋だ。熱せられると美しい赤色になることからつけられた名前である。

運ばれてきたそれはやはり綺麗《きれい》な色であるが、皮を剝《む》いて食べてみると――

「やっぱり、普通の芋ですね」

「だな」

「でも、ほくほくでおいしいです！」

リタは口いっぱいに頰張りながら笑顔を見せるのだった。

この芋が収穫できるようになったのも、フェリクスたちが魔物から畑を取り戻したからではあるが、コルク村を大きくしていったのはここの人々だ。

「俺たちはほんの少しだけ手助けをして、あとは彼らが頑張った成果だ。こうした小さな積み重ねで、少しずつこの世界がよくなっていくといいな」

「そうですね。さて、旅の行き先ですが……どこにしましょうか？」

「リゾート地がいいです！」

「素敵な提案ですね！」

シルルカはすかさず賛同するが、フェリクスは首を横に振った。

「精霊王の力を分け与える旅だからリゾート地はないいな」

「たまに寄るくらいならいいじゃないですか」

「まあな。……いや、今話してるのは目的地だからな。シルルカたちに任せたら豊かな土地しか行かなくなるだろ」

「バレてしまいましたか」

「あ、でもでも、今度の旅はお金があるので、リゾート地でも大丈夫です！」

「心配してるのは金じゃないからな」

すっかり本来の目的を忘れているリタであった。

どこに行こうかと悩んでいた彼女は、やがて狐耳を立てた。

「そういえば、お母さんとお父さんに紹介するんでした」

「約束したんだったな。途中で寄っていくか」

「はい！」

リタがそんな話をすると、シルルカも彼に告げる。

「団長さん、アムル様に会ってほしいです」

「そうだな。彼には世話になってるからな。シルルカの故郷にも寄るか」

「お願いしますね」

二人は嬉《うれ》しそうに尻尾をぱたぱたと揺らすのであった。

フェリクスは今後のことを思いながら二人に向き合う。

「これからもよろしくな」

「はい！」

「もちろんです」

二人はこの先ずっと、一緒にいてくれるだろう。

フェリクスはシルルカとリタの手を取るのだった。

やがて三人はコルク村を出発する。

「この辺りでリタが飛び出してきたんだよな」

そしてフェリクスの役に立つと言って強引についてきたのである。

「あの頃はクーコに完全に無視されてましたよね」

「そんなことないよ。今はもっと仲良しだけど、あの頃だってとっても仲良しだったんだから。ね、クーコ？」

呼び出されたクーコはリタをまじまじと眺める。

それから大きな欠伸《あくび》をした。

「あんまり変わってないな」

「そんなことないもん」

リタはクーコをなでなでする。クーコは口から小さく炎を吐いた。

「わわっ」

「嫌がってるんじゃないですか？」

「……あ、そっか！　あのとき火を吹くように言ってたこと、覚えてたんだ！　今になってやってくれるなんて！　クーコ、大好き！」

リタはクーコを抱きしめる。ぎゅっと潰されるクーコであるが、今はされるがままになっていた。

確かに話の筋道は通っているが……。

フェリクスは思わず呟《つぶや》く。

「本当か……？」

「そういうことにしておきましょうか」

リタが満足しているなら、たとえ偶然であったとしても、わざわざ指摘することもない。

やがてクーコが精霊の世界に戻ると、三人は再び道を行く。

しばらく歩き続けていると町が見えてきた。

「師匠が銀霊族を倒した活躍を祝ってお祭りをやってるみたいで、すごく賑《にぎ》やかです！　寄っていっちゃダメです？」

「寄り道するのもいいな。急ぎの旅ではないからさ」

「それでこそ団長さんです！」

「……あ！　混乱に乗じて盗みをしている人もいます！」

「なに？　とっちめてやらないとな」

フェリクスは気合いを入れるのだ。

こんな小さな悪事でも、解決していければいい。平和になった時代に巨悪はおらず、こうした世直しが大事なはずだから。

フェリクスたち三人は未来へと歩んでいく。

さあ、もう一度始めよう、最強騎士団長の世直し旅。

〈完〉

この作品に対するご感想、ご意見をお寄せください。

●あて先●

〒101-0052 東京都千代田区神田小川町3−3
主婦の友インフォス　ヒーロー文庫編集部

「佐竹アキノリ先生」係
「パルプピロシ先生」係

ヒーロー文庫

ヒーロー文庫

最強《さいきょう》騎士《きし》団長《だんちょう》の世直《よなお》し旅《たび》 5

佐竹《さたけ》アキノリ

2021年6月10日　第1刷発行

発行者　前田起也

発行所　株式会社　主婦の友インフォス
〒101-0052 東京都千代田区神田小川町 3-3
電話／03-6273-7850（編集）

発売元　株式会社　主婦の友社
〒141-0021
東京都品川区上大崎 3-1-1 目黒セントラルスクエア
電話／03-5280-7551（販売）

印刷所　大日本印刷株式会社

ISBN 978-4-07-449042-4